現代魔法師
05

本作主角，一名普通的大學生，
個性有點優柔寡斷，但內心充滿正義感。
與藤原綾搭檔組成【神劍除靈事務所】。
雖為神劍「軒轅劍」的繼承者，但魔力少得可憐，
然而其「結界破壞」的能力卻是超級外掛。

從阿宅進化(?)成功的**陳佐維**

性感俏人妻**公孫靜**

在【天地之間】裡專門負責看守神劍「軒轅劍」封印的「侍劍」，
是個沉默寡言、冰清玉潔的女孩。
對於自己身負的家族責任相當重視，
因此成為了陳佐維的守護者兼魔法導師兼祖宗遺訓所指定的未婚妻。

本作的女主角，從小生長在魔法世家，是魔法界的小公主。
她個~~性霸道~~很有主見，很注重自己的形象與穿著，
對於魔法界的知識常識也很清楚了解。
因為想要自創結社而接受審核，
卻在考試時意外碰上了陳佐維，兩人的故事就此展開。

傲嬌正牌(?)女主角 藤原綾

韓系美少女韓太妍

韓國魔法結社【大宇宙】的新任副社長，
個性活潑、身材姣好，跟藤原綾是從小到大的宿敵，
兩人從魔法學習比到結社事業比~~到身材~~，
總有辦法一見面就鬥得不可開交。
為了不輸給藤原綾，最新目標鎖定是陳佐維？

熱情如火的
泡菜正妹

王約翰（王強）

流浪世界各地的超強魔藥師。由於藤原美惠子有恩於他，所以只要是美惠子指定的魔藥，他都使命必達。也很照顧從小看到大的藤原綾。

藤原瞳

藤原美惠子的養女，藤原綾的妹妹。個性溫柔可愛，謙恭有禮，做事情認真負責，把【藤原結社】視為此生最大的驕傲與榮耀，在神道魔法的造詣上更是神童級別。

藤原美惠子

日本人，非常寵溺女兒藤原綾。是個很有氣質的優雅女人，試圖振作積弱已久的東方魔法界。

李永然

當代道家唯一「地仙」級的半仙神人，藤原美惠子的前夫、藤原綾的生父。個性淡薄名利、隨遇而安，做事情的最高指導原則是道家的「無為而治」。

J（艾瑞克）

【組織】的最高統帥，人稱「不使用魔法的魔法師」的大會長。城府很深，政治手腕高明。一直暗戀藤原美惠子至今，但並沒有因為這份感情而左右了身為大會長該辦的任務。

貝兒・伊雷格

薩滿教派的教祖．大薩滿，年僅十五歲。為了調查「星球最深層的恐懼」而來到臺灣。是個環保狂熱分子，急公好義，做事情非常認真，同時伴隨永無止境的碎碎唸。

保羅・薩菲爾

【組織．西方魔法界】的會長，很重排場、很重權謀。身為一個上一代的魔法師，對於藤原美惠子的做事態度非常嗤之以鼻，同時也很討厭那些教義之外的「異端」。

偉銘

陳佐維的大學麻吉，是個會看人臉色説話的大少爺花花公子。

宅月

陳佐維的大學麻吉，一個重度動漫遊戲迷的阿宅。

魔法師目錄

INDEX

NO.START

God Knows……

自從薩滿教的大薩滿——「貝兒・伊雷格」結束了東方魔法界之旅以來，已經過了一個月。

這一個月裡，貝兒不斷的蒐集彙整情報，得知有關「星球最深層的恐懼」這件事情，指的竟然是在這個世界上某處被封印著一隻古籍沒有記載、歷史沒有記錄的恐怖大妖怪，而距離牠的封印被解開的時間，已經進入最後的倒數計時。只要時間一到，這隻恐怖的大妖怪被放出來後，就會對這顆星球造成最凶殘的危害。

換句話說，就是世界末日的到來。

這件事情茲事體大，畢竟牽扯到世界末日、地球存亡，是不可以隨口胡謅的。

然而，自從貝兒首次向【組織】大會長・J報告這件事情之後，【組織】底下的幾個大魔法師，特別是那些個研究自然神靈魔法的，竟不約而同的先後向J報告有關世界末日的訊息。

三人成虎，更何況不但不只三人，來報告的更是這世界上舉足輕重、地位很高的大魔法師，加上貝兒的報告言之鑿鑿，大會長J便不得不將手上的工作暫停下來，親自千里迢沼的針對這件事情中最大的嫌疑人來做調查。

於是，J在貝兒的陪同之下，來到了久違的東方魔法界，來到臺灣這塊對他來說久違了的土地。

他要調查的對象，並不是貝兒報告中指出的「救世主」陳佐維，並非是要來看看他到底有何能耐。事實上，在【組織】裡的內部文件資料比對過後，不要說是陳佐維這個人身上的魔力有多少、魔法系統是什麼，就是陳佐維家中有什麼成員，他也都非常透澈，搞不好比陳佐維更瞭解陳佐維。

他要調查的對象，是造成這一連串事件的「始作俑者」。

「大會長~您從好幾天前開始就一直悶悶不樂了。您本來就很容易嚇到小孩子，笑一下嘛！」在臺北的街頭，貝兒跟在J的身邊，說著。

J沒理會貝兒的話，而是自顧自的往前走。

來到臺灣已經一個多禮拜了，該去找的人他也找了，但卻得到一個他要找的嫌疑犯因為疑似畏罪，而潛逃離開臺灣的答案。

當然，【組織】臺灣分部方面所交代的理由，是當事人去另外一個國家處理業務。但發生在這麼敏感的時間點上，實在讓J很難不去聯想到「畏罪潛逃」這四個字。

能在【組織】高層打滾多年，除了本來就要有的魔法強度以外，一些政治手腕、心理層面的強度也不可能太弱小。能當上【組織】的大會長，J更是其中的佼佼者。

這麼多年來，就算平時看起來吊兒郎當的，其實他內心早就把私人情感摒除，處理事情的時候，總是能單純的只用理性來做事，下達又快速又正確的指令。

但這次，他的心情很明顯的受到了動搖。

理性上告訴他，他要調查的對象應該是在貝兒來調查之後，清楚【組織】裡比貝兒更高層的人員很快就會過來，為了避免自己會受到【組織】的懲罰，甚至是搞不好在經過調查之後會有「罪名」的認證，所以才潛逃出境的。

然而，自己的感性層面卻又不斷的說——

她是一個一點心機也沒有的女孩……或者該說是女人，怎麼可能會做出這種企圖引發世界末日危機的事情來呢？

所以這一個禮拜以來，人稱無所不能的大會長，心情真的悶爆了。

因此他決定，暫時先不要打草驚蛇，不要把自己即將做出的決定宣布出來。然後停留在臺灣，等他與這個事件中的另外一個，或者該說是最關鍵的人物陳佐維碰面後，再說出答案。

然而，陳佐維人在臺中，Ｊ和貝兒此時卻在臺北出現，難道是大會長和大薩滿的地下戀情要在這個遠東的陌生國度的街頭上演嗎？

答案並非如此。

而是因為，舉手投足皆能影響魔法師世界的重要人物，約了Ｊ在這裡的某間五星級飯店裡碰面。

「先別管我了。」

走了一段路之後，Ｊ才回頭對身後的貝兒說：「我來到這裡的目的妳也清楚，要面會的對象肯定不喜歡像妳這樣的異端。妳就在附近逛逛百貨公司，買兩件新的洋裝打扮一下自己吧！」

「貝兒擔心大會長您呀……唉！而且衣服夠穿就好，貝兒實在不太願意在穿著上花太多的錢……」

「我不要緊。」J聳聳肩，說：「而且我覺得妳真的需要買一套洋裝好好打扮打扮，不然妳肯定嫁不出去。別說了，這是命令，我自己去就好了。」

「這樣的命令也太為難人了！唉，好吧！貝兒就先去附近逛逛，大會長您要是結束面談，請務必立刻聯絡貝兒喔！」說完，貝兒轉頭離去。

看著貝兒離去的背影，J無奈的苦笑。因為到時候貝兒若真的嫁不出去，長相和穿著大概只是其次，九成都會是她那超愛碎碎唸又好管閒事的個性害的！

J走進約好的飯店，直接搭乘電梯來到指定的樓層，走進飯店裡的會議室。

打開了會議室的大門，J一個人信步走了進去。

這裡已經經過了特別的整理，看來是按照某人的意見去擺設過的。原本應該要有的座椅已經全部搬離，會議室中間只擺著一張超長的桌子，桌子上擺滿了各種佳餚美饌。假如貝兒還在J身邊，看到這種排場，她絕對會開炮的。

會議室裡很暗，燈光是刻意這樣打的，只集中在中央的長桌，四周的牆壁都看得不是很清楚。

長桌的最左端，坐著一個七、八十歲，白髮蒼蒼，腦滿腸肥，穿著主教紅袍的老人。他一直低頭在吃，吃得滿嘴油光。在他的身邊還有兩個金髮女僕隨侍在側，幫忙倒酒、取菜、擦嘴的服務。

「艾瑞克，你遲到了。」

「請原諒艾瑞克的無理，薩菲爾大主教。」

沒錯，這個人正是【組織・西方魔法界】會長——大主教，保羅・薩菲爾。

當然，他們是用英語交談。但為了怕觀眾看不懂，導演很貼心的已經翻譯成中文了。

J畢恭畢敬的來到大主教的身邊，做出一個歐洲騎士的古禮——單膝著地下跪，牽起大主教肥胖的左手，親吻他那油膩膩的手指上的紅寶石戒指。這套繁瑣的禮節做完後，大主教才請J上座。

「坐吧。」

大主教的語氣與其說是邀請，不如說是命令。他說：「這種小地方的東西，只有樣子像，味道跟我們道地的差遠了。但勉強可以入口，吃吧！我們邊吃邊談。」

勉強可以入口你就不要叫這麼多啊！而且看你這狼吞虎嚥的樣子，一點也不像不好吃啊！

J在心裡吐槽著，但表面上他還是笑著點點頭，並且向替他送上餐盤、佳餚的女僕們道謝。

「……呵呵，怎麼說呢？」大主教說著，邊把刀叉放下，身邊的女僕馬上過去用手巾幫他擦去嘴邊的油漬。

他一笑就會抖動臉頰的肉，讓人看得頗不舒服。

大主教笑著說：「知道艾瑞克在這兒，我馬上就過來跟你聚一聚，這不算不給你面子吧？」

「大主教千里迢迢趕來此處，艾瑞克深感榮幸。」J客套的回應，但他也不是第一天當上大會長了，馬上單刀直入、進入主題，反問：「只是，大主教來這此處，應該不會只是想跟我聚聚這麼簡單……想必，是為了藤原美惠子的事情而來的。」

「呵呵呵……艾瑞克啊！你果然很聰明。」

大主教滿意的點點頭，同時手指一彈，身邊的女僕馬上把他面前的酒杯斟滿暗紅色的酒。他舉杯啜飲一口，笑著說：「沒錯，我就是來這裡跟你商量這件事情的。」

沒錯，這次事件的「始作俑者」，在貝兒的調查之下，最早的原因就是起於「藤原美惠子唆使陳佐維拔出不應該拔出的軒轅劍」。因此J來到臺灣，他所煩惱的、他要追查的，甚至是他即將要發通緝令追捕的，正是藤原綾的親生母親，【組織．東方魔法界】會長——藤原美惠子。

雖然不知道眼前這個大主教是從哪邊得知自己來到臺灣的主因，但J也沒有細想，畢竟他們的教派分布範圍太廣，已經不只是西方魔法界，是全世界都有其信仰追隨者。所以【組織】裡有任何蛛絲馬跡，都逃不過大主教的法眼，這個很正常。

然而，對方得知了這件事情，又立刻趕過來說有事情要跟自己商量，J實在很難把大主教這趟行程和「善意」畫上等號。

就算心裡不大喜歡，J還是笑著說：「大主教請說，晚輩願聞其詳。」

「呵呵呵，我就喜歡你這小子嘴甜。」

大主教把酒杯放下，雙手都放到桌上，十指交扣，說：「我是來說，把這次事件的指揮權讓給我吧！艾瑞克。」

J眉頭微微一皺，但馬上就恢復微笑，問：「大主教不相信我的能力？」

「不，你這小子要是沒能力，就不會爬到我頭上當大會長了。」大主教語氣帶酸的說著，「然而，這次的事情有些特別。雖然那都是過去的事情了，不過大家都知道，我們的大會長跟這次的通緝犯曾經有過一段情。」

「是的，大主教。但那都是過去的事情了。」

「可是，你真的能放下？」

大主教冷冷的說：「藤原美惠子何德何能可以擔任【組織．東方魔法界】的會長？自她上任以來，不要說東方那群人都墮落了，甚至還因為東方的衰敗，導致整體魔法界的人都懶散了。艾瑞克，以前的魔法師，不是這樣的。」

J沒有反駁，因為大主教所說的並不完全是子虛烏有的指控，但是整個魔法界的走向不是只有一個人就可以決定的。更何況，當初要指派為會長的人，並不是美惠子，而是她的丈夫李永然。是李永然臨陣落跑，才會緊急改為美惠子上任的。

這個選擇雖然不是最好，但在當時的情況下，整個東方魔法界扣掉李永然，就屬【藤原結社】的大當家・藤原美惠子的聲望最高，加上又是第一指定人選的妻子，所以由她上任的話，的確是異議最少的選項。

不過，雖然美惠子是個很優秀的魔法師，卻不是個很優秀的會長就是了。

「我能放下。」J很肯定的點點頭，說：「我承認美惠子擔任會長表現得並不如預期，但我跟美惠子的感情和我能不能狠下心來全力追捕她是兩回事。」

「呵呵……艾瑞克，但我卻看不到你的決心啊！」大主教搔搔頭，笑著說：「我從我的情報網得知，藤原那女人還有個女兒，對吧？」

J心頭跳了一下，但他仍是點點頭，沉穩的說：「是的，大主教。」

「你知道是我就會怎麼做嗎？」

大主教雙眼依舊冷漠，那股寒意跟他的外表極不相稱，彷彿肥胖且蒼老的身體內，住著一個恐怖的大魔法師的靈魂一樣。

「我會把她的女兒抓起來，用我們最擅長的異端審判，逼問她藤原美惠子的下落。或者，用她來威脅現在正在逃亡的藤原美惠子出面。很多方法可以用的。」

「……嗯。」

「所以我想來對你說，把指揮權交給我。」

大主教又笑了，說：「通緝、追捕、審判、用刑，把魔女推上斷頭臺、火刑場，這些才是我們魔法師最傳統的行為。呵呵……我的建議說完了。艾瑞克，你有沒有什麼想法？說說看吧！」

J搖搖頭。

J多少猜到了大主教的用意。他原本是打算請對方乾脆退回西方休息，不要插手這次的事件，沒想到對方想做的，比他所想的還要凶狠得多。

然而，J還是笑了笑。

「大主教，艾瑞克請求你，最高指揮權我不會放開的。」J很堅定的笑著，對大主教說：「不過與大主教討論過後，確實有種茅塞頓開的感受。我知道該怎麼做了。請恕艾瑞克無禮，先告辭了。」

「不送。」

說完，J就起身離開了會議室。

關上會議室大門，J嘆了一口氣，心想——

「……看來，我得儘快安排一下，早點跟那個叫陳佐維的小子見面……」

魔法師世界史上最大的內戰，在這個冬天的臺北飯店會議室外，悄悄拉開了序幕。

NO.001

出發總要有個方向，我們往日本去！

身為一個健康的魔法師，我一天的生活通常都是這樣的。

早上固定會在七點起床。如果八點就有課要上的話，便直接去上課；不然就是利用上課前的幾個小時來打坐冥想，開發我那幾乎已經快要被放棄掉的魔力。

中午就是看情況決定今天會跟誰一起吃飯。如果藤原綾有來學校，她都會跑來拉著我一起用餐；如果她沒來，那就是自己去用餐，或者跟宅月、偉銘一起去吃飯。

下午不管上課到幾點，只要下課就是趕緊回家，趁著太陽還沒下山的時候，拿著軒轅劍上頂樓天臺去練習五行劍法的套路變化，一直練到吃晚餐的時候，才會回家和藤原綾、韓太妍兩人一起吃由式神買回來的便當。

晚上吃完飯，會有兩個小時的休息時間，看我要幹嘛都可以——當然，一些太奇怪的要求大家也別幻想了，身為一個專業的阿宅，也只會用這段時間來看個動畫或者打《魔獸》。

假如有作業或者有報告要趕、要跟同學開會討論，只要先跟藤原綾提，她就會多給我一個小時的時間去做這些事情。

休息時間兩到三小時過去之後，藤原綾會給我上一個小時的魔學常識。

這裡要特別強調一下，藤原綾她真的很厲害，別看她好像只會鬧脾氣耍刁蠻，但其實她懂的層面很多。她自己說過，身為結社的社長，要是日後與其他結社有合作關係，卻對別的結社一無所知，是非常失禮的事情。所以她的魔學常識多到誇張的驚人。

在魔學常識上課前，她都會在廚房煮魔藥，是要給我喝的。魔學常識上完後，她就會把煮好的魔藥端來給我喝。除了第一次喝到真的要掛急診差點死掉以外，之後她就對分量做過研究和調整，藥性從弱慢慢增強。

現在喝的魔藥藥性已經比我第一次喝的還強烈了，可因為是採循序漸進的方式、讓我的身體慢慢的適應，所以我喝下去之後，並沒有什麼嚴重的副作用。

但比較可惜的是，根本也沒啥作用就是了。

喝過魔藥，她就會要我去房間趁著魔藥發揮效用的時候，繼續進行魔力的開發。然後差不多等到晚上十一點，輪流洗過澡——通常是我先洗，因為另外兩個女人洗澡都洗超久，感覺好像要在浴室裡面把皮刷掉一層才會爽一樣。

再之後，各自上床睡覺，一天就這麼過去了。

假日當然有假日的安排，晚上睡覺之後也偶爾會偷爬起來研究一下魔獸的世界或者加入英雄的聯盟之中，但那既然不是時常發生的事情，我就不提了，反正我的一天通常就是這樣過的。

嗯，那為什麼我要特別講這麼一段，來揭開大家都不是很感興趣的男魔法師的日常生活呢？

因為，我的這種「日常」，已經回不去了。

⊕⊕⊕　　⊕⊕⊕

我的名字叫做「陳佐維」，是個在臺中東海大學唸書的學生。自從暑假時我不小心踏破女魔法師「藤原綾」的結界之後，我就這麼一腳直接踏進了魔法師的世界裡，成為一個現代魔法師。

在經過了許多大大小小、驚心動魄的冒險事件之後，我不但成為了神劍・軒轅劍的繼承者，也和藤原綾一起組了一個叫做【神劍除靈事務所】的結社。

結社經營了幾個月下來，不但順利解決了不少魔法任務，成員也從一開始的兩人，擴編到了現在的三點五個，分別是我們結社董事長、來自韓國【大宇宙結社】的社長千金暨副社長的「韓太妍」，以及上個月才加入我們結社，來自【天地之間】、自稱要保護我一輩子的侍劍「公孫靜」。

前面有提，我的日常已經回不去了，就要從這個公孫靜加入我們開始說起。

公孫靜加入我們結社的目的很簡單，就是因為祖宗遺訓，她必須要留在我身邊擔任守護者的工作，而且因為我的魔力系統在之前因意外而毀滅，所以也必須要靠她來教導我「軒轅神功」，修煉我體內的靈氣以施展各種大型魔法。

當然，記憶如果特好的讀者朋友可能還記得，這個公孫靜的祖宗遺訓還有很沒天良的一條，就是擔任侍劍者，和神劍繼承者之間，若為同性則結為異姓兄弟姐妹，若為異性則結為夫婦。

所以，我還記得，在她搬進我們結社的隔天早上，那個情況是這樣的……

「老公，起床了。」

「……唔，現在幾點了？」

「四點多，天已經亮了！可以起床了。」

是的，你沒看錯，是四點啊！

我靠！有多少大學生四點的時候還沒上床睡覺，哪可能會有人一大早四點就起床的啦！妳神經病啊！四點的時候不睡覺叫我起來幹嘛啊？真這麼想吃傳說中的四點半炒麵，也不用這麼瘋狂啊！

想當然，我沒不理她，翻身繼續睡我的。

結果公孫靜不但不讓我睡，還硬是把我從被窩裡拉了出來，扶著我在沙發上坐好後，自己也坐到我身邊，看著我說：「老公，日出而作，日落而息。一日之計在於晨，早起的鳥兒有蟲吃。太陽已經出來了，可以起床練功了！」

公孫靜的表情有夠認真，真的是認真到讓我覺得我沒有把鬧鐘定在四點就起床很對不起社會大眾啊！

但我真的沒有那種四點起床的習慣，所以還是搖搖頭，說：「起、起床的時間也是要慢慢修正的……我早上有課……讓我先睡覺好不好……」

結果公孫靜的臉就有點不高興了。雖然最後她還是妥協於我這個繼承者的命令，但她對我的表現，似乎有點失望。

這還只是個開始。

隨著相處的時間一長，家裡的兩個女人也分別用不同的方式去接納了公孫靜的存在。

先說說比較好解釋的韓太妍吧！

韓太妍她生在這個世界上的目的我猜八成就是為了要氣死藤原綾的。她幾乎所有的行為都以跟藤原綾唱反調為樂，所以藤原綾越不想她怎樣，她就偏要怎樣。

比方說，她明知道藤原綾很討厭我的身邊有別的女孩子靠近——這點我還真搞不懂為什麼——卻老是繞著我身邊，佐維哥長佐維哥短的，用嗲死人不償命的語氣和聲音來說話，偶爾還要跟我摟摟抱抱的，也不管我害不害羞。然後故意做給藤原綾看，把藤原綾氣得七竅生煙，她就開心了。

是，她就開心了！可是她的行為總是害得她口口聲聲所說的「最愛的佐維哥」被藤原綾扁得很傷心啊！

不只是傷心，根本還很傷身啊！

總之，韓太妍她雖然當初說留在臺灣不回去，是因為喜歡我、要跟在我身邊，但相處這麼久下來，我真的覺得她所謂的喜歡我，指的是「喜歡利用我來激怒藤原綾」這樣。

於是，當公孫靜出現，韓太妍發現公孫靜是個更容易激怒藤原綾的對象之後，她竟然和公孫靜站上同陣線。假如說公孫靜在我們結社一開始只跟我熟悉，那搞不好從第三天開始，公孫靜和韓太妍就已經熟得可以用姐妹——「太妍姐姐」和「小靜妹妹」相稱了啊！

然後我原本平靜的日常生活，就因為這兩個女人而再度產生了變化。

比方說，韓太妍很常故意在藤原綾面前說，公孫靜喜歡我的話要跟她一樣大膽的表示出來，或者又很愛把我和公孫靜練功的場面藉由腦補的方式轉播給藤原綾聽，然後看她氣到暴走，大吼「死陳佐維！你給我去死一死啊！」再扁我一頓，這美好的一天就算是結束一半了。

因為我會有半天的時間，都在昏迷中度過，幹！

然而，畢竟是住在同一個屋簷下，相處一個月下來，藤原綾竟然也漸漸的不太討厭公孫靜了。這點從她對公孫靜的稱呼從充滿惡意的「乳牛」變成稍微親密的「小靜」，就可以得到證明。

可是，到底是為什麼？為什麼她會逐漸不討厭公孫靜呢？

理由很簡單，因為藤原綾很懶惰。

其實，與其要說藤原綾很懶惰，不如說她是一個家事廢柴。跟她在魔法界的成就相比，她在家事上的造詣簡直是令人髮指的爛到極點。所以我們家的家事，基本上都是我這個本來沒在做家事的人做的。

喔對了，我曾經期待韓太妍搬進來之後，會有人幫我分擔家事的勤務，但……嗯，你們知道的，魔法界的公主大概都有僕人可以使喚。所以要她做家事，她大概只會叫僕人去做家事。可是這裡沒有僕人可以使喚，因此最後也只能使喚我。

雖然我會做家事，但我在家事上的造詣比起我在魔法界的成就，其實也高不到哪裡去。要不是因為我們算是三餐都還吃得起不錯的外食，我們早就因為沒人煮飯也沒錢用餐而餓死在家裡啦！

所以，在公孫靜搬進我們家的第五天，當我們下課回家，發現小窩竟然在我們不知不覺的時候變得一塵不染，角落還擺上了小盆栽點綴，就連原本只拿來放雜物的陽臺也成了一個精緻的小空中花園，甚至餐桌上還放著一盤又一盤的美食佳餚的瞬間，藤原綾就和公孫靜變成好朋友了。

不過她們的友情到底是不是真的很不錯，還是因為藤原綾發現公孫靜這個人真的很好用，那我們就不得而知了。

然而，即使公孫靜會跟她們兩人有說有笑，但跟我的互動卻滿少的。因為她有點嚴肅，又太過認真，每天看到我的時候就是盯我練功，所以這一個月下來除了練功之外，我們真的很少有私底下的交流。

不過每天這樣練功，在公孫靜老師的幫忙之下，我的靈氣還真的有了長足的進步。並且在公孫靜的指導下，開始修煉更高階的軒轅劍法了。

軒轅劍法一共有三式，分別是以氣御劍的「流星」、以劍御氣的「殘月」，以及氣劍合一的「耀日」。

其實在上次檢驗（詳情請參閱《魔法師的修羅地獄》）的時候，我就有偷用公孫靜的靈氣來幫忙我發出殘月的劍氣。但說到底，我還是要靠自己學會，那才有意義。

總之，一個月就這樣過去了，我們結社才終於又接下了一個新的任務。

那是在某個深夜，臺中郊區的某棟廢棄大樓裡。我站在三樓的樓梯間，雙手緊握著軒轅劍的劍柄，用藉由韓太妍「扇灸」強化後的視力，緊盯著眼前那直朝我衝來的地獄三頭惡犬。

我雙腳站穩馬步，一個呼吸吐納後，氣沉丹田，用軒轅心法將體內靈氣運行身體兩圈後，把所有的靈氣都納入手中的軒轅劍上。

然後，我對著那頭地獄三頭惡犬的方向，用力的空揮！

「軒轅劍法靠邀！」

在不靠著公孫靜的靈氣幫忙下，我的殘月劍氣又失敗了啊！不僅失敗，還因為我揮得太過用力，沒抓牢劍柄，整把軒轅劍又飛出去了啊！

但就在地獄三頭惡犬即將撲到我身上把我咬死的時候，一道剛猛至極的黃金劍氣及時趕到，輕鬆順利的把地獄三頭惡犬消滅掉！

「老公，作戰的時候需要保持冷靜的心情。」

隨著劍氣一起現身的不是別人，就是那公孫靜。她面無表情的走到我身邊，說：「其他地方的妖怪都被我還有社長消滅了，這次的任務已經完成了。」

「……嗯。」我點點頭。

當初我想要跟公孫靜學魔法的起因，就是因為我不想再受傷了。

可是，雖然我終於成功的沒有在出任務時再度受傷，但不知道為什麼，解決這個任務的時候，我卻發現我在結社裡的戰鬥位置根本邊緣化了啊！

成功解決了任務，隔天一早，由於沒有課的關係，心情大好的藤原綾就帶著我一起去【組織】辦公室回報任務。

⊕⊕⊕　⊕⊕⊕

這一個月來，藤原綾都沒有回去找美惠子阿姨聊天，因為兩邊都很忙碌。這次本來想要趁回辦公室的時候跟美惠子阿姨好好聊一下，結果在櫃檯詢問時，藤原綾才發現美惠子阿姨早就已經回去日本了。而且還不是去出差，只是單純的回老家罷了。

雖然美惠子阿姨回老家沒跟藤原綾講也沒帶她回去，讓藤原綾有點不滿，不過既然人都已經在日本了，再多說什麼也是無用。於是藤原綾要求櫃檯幫我們安排回報任務，櫃檯便要我們到後面去稍候片刻。

在等待人員通報我們去辦理任務回報的時候，一個穿著西裝的人突然走到我們面前。

「兩位好，請問是藤原綾小姐和陳佐維先生嗎？」

雖然在這個辦公室裡，藤原綾的大名和長相是無人不知、無人不曉的，但在正式找她的時候，禮貌上和程序上還是要這樣先確認一下。

藤原綾點點頭說：「對啦！輪到我們了嘛？」

「不，不是這樣的。」那西裝男搖搖頭，說：「【組織】的大會長現在正在會客室裡，他指名要找兩位過去會談。」

聽到【組織】大會長的名號，我和藤原綾都愣住了。

如果大家還有印象的話，【組織】一共有三個會長，分別是掌管東方魔法界、西方魔法界還有【組織】內部的三個會長。而掌管【組織】內部的會長，他的權力比東、西兩方魔法界的會長還高，所以又稱作大會長。

這【組織】的大會長由於一年四季都非常忙碌，所以總是神龍見首不見尾。不要說是我沒看過本人了，就是很多大魔法師也不見得可以輕易見上一面。結果這麼一個位高權重的【組織】大會長突然出現在這裡，還指名說要找我們兩個？

我和藤原綾半信半疑的來到會客室，這裡面果然有一個從沒見過的外國人。他身材削瘦，但非常高大，雙眼有著感覺好像已經兩個禮拜沒睡好覺一樣的黑眼圈，但眼神卻又銳利的彷彿能看穿人心，感覺非常高深莫測。

而他，就是【組織】的大會長．J。

大會長見我們進來，就露出親切的笑容，讓我們找位置坐下。我們才剛坐下，他馬上開口用中文說：「兩位好……尤其是小綾，我們好久不見了。上次見妳的時候妳還小，現在長這麼大了，跟妳媽媽越來越像囉！」

藤原綾馬上露出專業的笑容，回應說：「呵呵，謝謝大會長叔叔！」

大會長點點頭，然後嘆了一口氣。

「這次我來到這裡，並不是要跟妳敘舊的。其實我要找的人是妳身邊的那位陳佐維先生……」

說著，大會長將他銳利的視線移到我的臉上，看著我問——

「陳佐維先生，請問一下，當初是藤原美惠子教唆你去破壞軒轅劍的封印，造成這個星球最深層的恐懼的嗎？」

劈頭就問了我們這個問題，我和藤原綾都愣住了。

而這還只是個開始。

大會長一連問了好幾個問題，每個問題的設計都很巧妙，就好像他們【組織】已經認定了上次那個外國魔法師——是說，我已經忘記她叫什麼名字了——來調查的那件事情，全部都是美惠子阿姨一個人搞出來的。

雖然當初的確是美惠子阿姨叫我去把軒轅劍拔出來，可是把軒轅劍拔出來到底會怎樣，似乎也不是那時候就被人知道的吧？

然而，不管我們怎麼解釋，我們畢竟不是美惠子阿姨，完全不能得知美惠子阿姨內心到底在想什麼，根本無法幫她辯護。

所以，這場會談到了最後，大會長就在我們的面前發布了一張傳說中的「全球通緝令」來追捕美惠子阿姨，並且對我們說——

「佐維、小綾，現在你們要嘛是幫助我們【組織】，不然就是與我們【組織】為敵。我不會要求你們現在表態，但希望你們不要考慮太久。危機迫在眉睫，希望你們能好好跟我們合作。」

⊕⊕⊕　⊕⊕⊕

這樣的結果讓藤原綾整個人慌亂到不行，在回程的路上還哭著罵我說都是我在大會長面前亂說話，才會害美惠子阿姨被通緝。

我是啞巴吃黃連有苦說不出，因為當初的確是美惠子阿姨叫我去拔軒轅劍，藤原綾還是幫凶啊！

但事情會因為我的「作證」而變成現在這個狀況，我自己也不知道該怎麼辦。

回到家之後，一打開門，韓太妍和公孫靜馬上就過來迎接。但跟平常那種嘻嘻哈哈的感覺不同，兩人的表情都很嚴肅，看起來好像發生了什麼大事一樣。

「……小綾，是真的嗎？」韓太妍首先試探性的開口詢問。

不過藤原綾並沒有回答她，只是藉口說身體不舒服需要休息，就跑去房間把自己鎖起來了。

看到藤原綾的反應，韓太妍搖搖頭嘆了口氣，看著我說：「看來是真的了……阿姨被通緝的事情。」

「……消息傳得這麼快？」我吃驚的反問。這通緝令不是剛剛才從臺中辦公室發布的嗎？

「嗯。」韓太妍點點頭，然後三人一起走到客廳坐下來，她才繼續說：「剛剛……在你們回來之前，我結社的長老就傳簡訊給我，要我上線開緊急會議，就是在討論這個通緝令的事情。」

「所以……韓國那邊已經知道了？」

「我猜不止。」韓太妍搖搖頭，說：「這是全世界通緝令……我認為，也許全世界的大小結社，最晚現在也差不多全知道了。」

「靠！你們【組織】的效率也未免太好了吧！」我又吃了一驚，說：「怎麼平常也不覺得你們魔法師效率好，這種時候效率挺高的是安怎啊？」

「……佐維哥，這種情況很少見，你應該是不知道的。其實我也是第一次碰到。不過把它看作是任務投標，就能理解為什麼傳遞速度這麼快了。」韓太妍無視我的吐槽，很認真的講解說：「就好像有一樁不需要底標、報酬很豐厚的任務，然後全世界的魔法師都有資格可以來完成一樣，自然傳得很快了。」

聽了韓太妍的解釋，我點點頭，但我也不知道要說啥，一下子客廳就陷入了沉默。沉默了大約一分鐘，我才說：「……太妍，那你們結社長老的意見是……」

「我跟他們說先不要輕舉妄動，等我確認過真假再說。」韓太妍很無奈的說：「不過……我們結社終究還是要表態的。這點佐維哥不用擔心，我會想辦法向長老交代，我會站在你們這裡。不只是為了佐維哥和小綾，因為我始終相信阿姨是好人，這其中一定有什麼誤會。」

我對韓太妍露出了微笑，點點頭向她說了聲謝謝。

不過她卻搖搖頭說：「我們是好朋友嘛……不過我看佐維哥你還是去看看小綾的情況比較好，碰上這種事情，她一定很難過的。」

「嗯……那我去看看她了。」

說完，我就離開了客廳，走向藤原綾的房間。

她把自己鎖在裡面，我在門外敲門敲了半天，她就是不開門，所以我也只能很無奈的回到客廳，一邊看著電視轉移注意力，一邊擔心藤原綾和這件事情的發展。

然而這整個晚上，藤原綾都沒有出來。於是大家也沒辦法，只好各自回房間睡覺，打算等明天再說。

晚上我睡到一半，突然一陣天搖地晃的。我原本以為是地震，結果睜開眼睛一看，才發現原來是穿著睡衣的藤原綾。

她沒有開燈，也沒有哭泣，但卻散發出一股令人難以言喻的感覺。

「我不相信媽媽會是想要毀滅世界的壞人。」

藤原綾坐到我身邊，很認真的對我說出這句話。

「……我也不信。」我也很認真的回應，因為現在已經不流行那種只想毀滅世界的壞人了。

「我決定了，我要去日本找媽媽問清楚。」

「嘎？」

我嚇了一跳，因為我沒料到藤原綾會說出這種話。但想想，這話其實也很像她會說的，就點點頭，說：「……嗯。我知道了。」

「知道什麼啦！你也要去。」

「三小？」

如果剛才的話嚇到我三分，現在這句就嚇到我十分了啊！我整個人驚醒過來，看著藤原綾吃驚得半天說不出話。

「我說，你也要去！」

藤原綾很認真的看著我，說：「媽媽會被通緝，跟你還有你手上的軒轅劍都有關係！你要負很大的責任！本小姐才不管你接下來要幹嘛，反正我們結社就是要去日本找我媽媽，然後幫助她度過這次的難關。這是社長命令，你聽到沒有啊！」

我沒有馬上回應，畢竟這可不是說要去高雄或者屏東，是要去日本耶！

要知道，一般連續劇說要出國，那就跟領了便當沒啥兩樣啊！這種事情我實在很難說答應就答應啊！

「……我……我第一次出國耶……」

「怕什麼啦！了不起就是死掉而已，你又不是沒碰過更嚴重的問題？」藤原綾扠著腰，憤怒的說：「你別忘記了，要不是因為媽媽一直在挺你，你還會有今天嗎？早在上次去【祖靈之界】的時候，你就死掉了！這份恩情你不用還嗎？你……你這個可惡的人……媽媽對你這麼好……嗚……」

藤原綾說著說著，就激動的哭了出來。

這讓我情不自禁的出手抱住她。除了想要安慰她以外，我也怕她半夜哭太大聲，隔壁鄰居會報警說這邊有人在打女人。

其實事後想想，我每天都被打得唉唉叫也不見鄰居去報警處理，可想我的鄰居都是一些沒啥人性的王八蛋。

「去就去吧！誰怕誰啊！」我抱著藤原綾，說：「其實……會發生這樣的事情我也被嚇到了……可是我跟妳一樣，我也相信美惠子阿姨不是壞人。」

「……反正你要是敢說不去，我打暈你也會把你帶上飛機。」

「……千萬不要，妳八成會在過海關的時候被警察抓走。」

藤原綾甩掉我抱著她的雙手，抹去臉上的淚水。

然後她大聲的宣布——

「【神劍除靈事務所】的下一站，就是日本。我們的新任務就是要幫助【組織・東方魔法界】會長藤原美惠子。這是社長命令！」

NO.002

你不要以為你那把廢鐵過得了海關啊！

雖然魔法師的世界已經發生了巨變，可是在一般人的眼中，這世界其實沒啥變化。

所以，即便我們結社各成員的心情都有受到影響，但在藤原綾宣布了結社要前往日本找美惠子阿姨之後，你還是可以看到穿著白色運動服準備要騎腳踏車去菜市場買菜的大嬸公孫靜；穿著背心、棉質短褲、用鯊魚夾把頭髮隨便夾著、戴著粗框眼鏡咬著牙刷從廁所走出來的宅女韓太妍；背著裝不到兩本書的包包、穿著拖鞋好證明東海大學某方面還是超越逢甲大學然後順便要去上課的好學生本人小弟我；以及背著名牌包包，穿得好像要去參加重要會議一樣的整齊套裝，梳妝打扮合宜，拉著我要去上課的藤原綾。

不過今天我們去學校上課只是其次，主要是去跟老師們說明下禮拜為什麼要缺課的原因，因為我們要去日本打怪……呃，我是說去日本觀光。

其實我覺得這個舉動很多餘啦，畢竟之前為了要去哪裡出任務解決委託，蹺過的課也不少了，沒必要特地去跟老師說一下假裝自己有請假，因為搞不好老師根本不知道你沒來啊！

不過日本人就是禮數多，所以才會要求我也要請假。

所以我也請假了，不過沒有去找老師，我是跟偉銘還有宅月說而已。

「三小？你下禮拜要去日本？」

很久沒出場領通告費的偉銘和宅月兩人默契和中氣都十足，異口同聲的大吼出這句對白。

「嗯啊！」我點點頭，說：「唉唷，你們也知道我女朋友是日本鬼子……我是說日本櫻花妹，人家阿嬤過一百零八歲生日，說希望死前能看到孫女有好歸宿，所以才要把我抓回去給她阿嬤看啊！」

「幹，好歸宿咧！」宅月給我一拳，說：「她阿嬤得知自己孫女的男朋友是你這阿宅，搞不好氣到當場暴斃，生日和忌日馬上變同一天啊！」

雖然這阿嬤是我虛構出來的人物，不過宅月這樣說實在有點不厚道，拿人家阿嬤開玩笑就不好笑了，所以我也有點不太高興。

偉銘比較會看臉色，趕緊幫宅月說：「沒有啦！宅月他講話就是這樣，沒啥意思啦！」

「我知道啦……人家阿嬤活到一百零八歲了，沒事別咒人死啦……」

宅月這白痴大概是最近有去別棚攝影，腦子都不知道在想啥，一直到我說了才發現自己剛才講的話很不得體，這才低頭道歉。

總之，我完成了大學生的請假程序——與好朋友哈拉，請他們幫我代簽到，幫忙通知下次上課重點——後，我就想要回去了。

不過，平常都是藤原綾來我們系館附近等我，今天我在相同地點沒有看到她，想說難得，就乾脆去日文系所找她一起回去好了。

我來到日文系所，果然看到藤原綾在那裡向她的老師請假。不過她似乎遭遇到困難的樣子，說到聲淚俱下，搞不好是請假受到阻礙，被老師刁難了。看得我很心疼，要不是因為我還想畢業，我可能真的會衝進去給那老師一拳。

終於，藤原綾走出來了。她一看到我，先是愣了一下，然後趕緊把淚水擦掉，笑著跑過來勾住我的手。

「你怎麼會在這裡？」

「我來等妳的。」我心疼的把她臉頰的淚水抹去，說：「剛才那老師刁難妳嗎？不然妳怎麼哭得這麼難過？」

「喔，我跟老師說從小最疼我的外婆病危了，我要趕回去看她最後一面。不裝像一點不行啊！」藤原綾理所當然的說著。

靠！我才在那邊因為開妳阿嬤玩笑覺得過意不去，結果妳自己也拿阿嬤出來當擋箭牌啊！還直接咒人家病危，妳其實很討厭妳阿嬤吧！

請完假後，我們就手牽著手往家的方向走。邊走，藤原綾一邊向我交代等一下要把行李整理好之類的瑣事。

就在我們要回到我們家所在的大樓之前，藤原綾突然停下腳步，並且把我拉住。

「嗯？」我好奇的看著藤原綾，問：「怎啦？」

「……怪怪的。」藤原綾警戒的看了看四周，說：「一個人都沒有。」

雖然我們家是在東別夜市區裡，不過這裡算是學生住宅區，所以平常還算寧靜。可是經過藤原綾一提醒，我才注意到現在真的安靜得太詭異，而且一個人都沒有。你要說路人很少那就算了，偏偏連對面社區的警衛也剛好不在，這太巧了點。

這種經驗不用多，一次就知道是什麼了。

我立刻警戒了起來，運起軒轅心法，用劍指代替軒轅劍，擺在胸口做出防衛的姿勢。藤原綾也不遑多讓，從包包裡面拿出一張五星靈符，小心翼翼的看著四周。

「磅——————！」

就在這個時候，從大樓上面發出了巨大的爆炸聲響。

我和藤原綾抬頭一看，就看到七、八道粉紅色的光束從我們家的窗戶裡發射出來。把那個歐巴桑公孫靜整理的很乾淨的小陽臺炸得亂七八糟！玻璃碎片、斷磚碎瓦也跟著散落下來。

一看到這種情況，我和藤原綾馬上奮不顧身的衝進大樓裡，延著樓梯一層一層往上衝。一邊衝刺，上層還不斷傳來爆炸和打鬥的聲音，聽得我一顆心七上八下的——雖然我自己沒啥資格擔心比我厲害五千多倍的人就是了。

「磅！」

當我們往上爬到三樓左右，兩道粉紅色的光束從上面噴射下來！射穿了旁邊的牆壁，留下兩個孔洞。

同一時間，公孫靜和韓太妍也狼狽的跑了下來。

「妳們……」

「快走！先走再說！」

我才剛要開口關心她們倆，護主心切的公孫靜立刻拉住我往回跑。也因此我才注意到她同時還拉著韓太妍，而後者的表情看起來似乎很憤怒，要不是被公孫靜拉著，好像隨時都會再衝上樓去打一場一樣！

藤原綾見狀，立刻把包包打開，將裡面的五星靈符全部倒出來灑在地上，唸動咒語設下簡易結界，希望可以阻擋上面的不知名追兵。

接著她立刻追上我們，邊跑邊召喚式神開車來載，邊詢問韓太妍和公孫靜兩人：「發生什麼事情了？」

公孫靜不愧是公孫靜，現在場面危急，她還拉著一個凶狠的韓太妍在跑，硬是面不改色、臉不紅氣不喘的回答：「我也不清楚，只知道他們本來是來找太妍姐姐，然後就一言不合的打起來了。」

藤原綾疑惑的看了韓太妍一眼，點點頭表示知道了，沒再追問下去。

式神開車子的效率有夠快，我們才剛出大樓，BMW 就已經等在門口了。藤原綾打開車門讓公孫靜可以把韓太妍塞進去，自己和我則繞到另外一邊要上車。然而就在這個時候，我突然想到一個很重要的東西忘記拿了。

「幹！軒轅劍還在上面！」

話才剛說完，就聽到上面又傳來磅的一聲。一把黑黑細細小小的古劍從天而降，原來是公孫靜的夏禹劍！

夏禹劍很乖巧的飛進後座，輕盈的躺在公孫靜的大腿上。

藤原綾見狀，馬上對著我大喊：「快點召喚那把廢鐵下來啊！我那結界擋不了多久的！」

「我不會……啊！軒轅劍啊！給我滾下來啊！」

我才剛說我不會，馬上就反應過來現在不是推託的時候了，心想上次似乎也有成功的把軒轅劍吸過來我手中，於是死馬當活馬醫，對著上面扯開嗓子大吼。

「轟——！」

聽到我的大喊，軒轅劍直接從上面的牆壁貫穿出來，把整面牆都毀了！要不是公孫靜眼明手快的讓夏禹劍飛過去把落石統統擊墜，BMW 有機會整輛車變成廢鐵的啊！

雖然成功的召喚了軒轅劍下來，可是這個很愛搞排場的爛劍竟然炸毀自己的家了！

看著大樓外牆變成一個大洞，我心裡面還真的高興不起來啊！只是現在也沒時間可以讓我惆悵下去，我趕緊抱著軒轅劍鑽進副駕駛座，繫好安全帶就上路了。

一上車，我們全部人的目光都集中在氣嘟嘟的韓太妍身上，希望她能講清楚。

韓太妍冷靜下來之後，對藤原綾說：「……那些人是我們【大宇宙結社】的『制裁魔法師』。」

根據韓太妍的說法，那些制裁魔法師是從韓國來的，由一個姓玄的長老率領。因為【組織】對美惠子阿姨發布了全球通緝，所以他們馬上就想到藤原綾，想要來臺灣抓住藤原綾，藉此逼美惠子阿姨就範。然後因為韓太妍不肯配合，所以兩邊一言不合打了起來。

韓太妍說完這些，她心情明顯的還是很不爽，好像有種被底下人衝康的感覺。

只是在聽完這些說法後，我馬上反應過來，對藤原綾說：「靠……那這樣子，妳的處境不就很危險了？全世界都知道妳是美惠子阿姨的寶貝女兒，那個【大宇宙】能想到這招，其他人也……靠！後面！」

話才說到一半，我就看到從我們後面出現一輛瘋狂超速的大黑車，在我注意到它之後還不到一秒，它狠狠的朝著我們的車尾巴撞了上來！碰的一聲後，我們整輛車被撞到失控，直接被撞得當場轉了一百八十度，還在地上拖出一圈輪胎痕！

幸好現在前後座都要繫上安全帶，要不然剛才那一撞，後座的三個女孩子鐵定會被撞傷的！

雖然有安全帶，加上我們的車還算耐撞——反而是後面那輛車的車頭都毀了——大家第一時間都沒有受到傷害，不過馬上就有好幾個人從那輛車上下來。他們每個人都穿西裝打領帶戴墨鏡，和藤原綾的式神感覺很像，只差在他們都有拿弓箭。

就看人家一下車馬上擺開陣形，各就各位，彎弓拉箭，做出攻擊的姿勢。

「不要再跑了！快點把藤原綾交出來。」其中一個人拿著大聲公對著我們用彆腳的中文喊著：「不然我們就要攻擊了。」

「白痴才留在這裡給你們抓！」

藤原綾說完後，馬上對式神下令開車，式神用力一踩油門，引擎爆發出怒吼，直接衝撞面前的那票制裁魔法師。

那票魔法師原本以為已經掌握大局——我還真不知道他們哪裡來的自信——所以沒有防備的樣子，我們很輕鬆的就突破了他們的陣形。

但沒想到，這只是我自以為突破而已。

原來他們只是變換陣形，在閃避的同時放箭，好幾道粉紅色光束對著我們的車子激射過來！

「嗚哇啊——！」

幹！還真這麼衰小啊！明明很多道光束都沒打中，偏偏其中一道特別準，從副駕駛座的車窗貫穿進來！要不是我反應很快趕緊避開要害，真的會死不瞑目。

但也因此，我右肩膀上一大塊肉被炸飛，濺得我面前的擋風玻璃上到處是血，以及激起後座三個女孩子的尖叫聲。

尖叫歸尖叫，她們還是有條不紊的進行反擊。

公孫靜出劍敲破天窗，站起來對著後面的制裁魔法師打出一道黃金劍氣！韓太妍和藤原綾則是立刻畫出一道同時具有抵擋追擊以及短暫隱藏自己行蹤的結界出來。

趁著這段時間，我們趕緊棄車讓式神自己開走去誘敵，接著鑽進小巷子，躲進旁邊的辦公大樓裡面。

一衝進去，公孫靜和韓太妍立刻清出一個地方讓我坐，我則是唉唉叫的扶著右肩，讓藤原綾扶著我走過去坐了下來。一坐下，藤原綾立刻從包包裡拿出魔藥，一個勁兒的亂揮亂灑！有沒有效我猜她也不知道，但我真的痛到差點往生，恨不得自己用軒轅劍把右手切掉啊！

「……在那裡，快追！」

就在這個時候，從遠處又傳來了追兵的聲音。

公孫靜暗暗「嘖」了一聲，拿起夏禹劍，轉身要去阻擋追兵。然而韓太妍卻一把將她拉住，把她拉了回來，對她搖搖頭。

「你們快走就是了，這裡交給我來應付就好。」

韓太妍說著，還把公孫靜推向我和藤原綾這邊，然後對我們笑了笑，從口袋裡拿出皮包，掏出一張提款卡，丟給藤原綾，說：「密碼是╳╳╳╳，拿去用。你們快走，我留在這裡拖延他們。」

「……妳白痴啊！那個姓玄的長老明明就連妳都打了，妳還以為妳可以拖延他們喔！」藤原綾接過卡後，對韓太妍說：「要走一起走，快點啦！」

韓太妍搖搖頭，說：「我自己會有自己的說法，畢竟我好歹還是掛名副社長……就說我被個臭男人拋棄了就好。總之……我相信阿姨不是想要毀滅世界的壞人……你們快走，我去拖延他們了。」

說完，韓太妍就轉身朝著聲音來源的方向跑了過去。

公孫靜還著急的對著她喊了幾聲，但藤原綾阻止了公孫靜。

「……小靜，別喊了，我們快走。」藤原綾像是從韓太妍的話裡聽出什麼一樣，阻止了想追上去的公孫靜。

然後藤原綾把我扶了起來，問我：「還……還很痛嗎？」

我其實已經痛到叫不出聲，眼淚鼻涕流了滿臉，所以剛剛才一直不說話，而對於這個問題，我也只能哭著點點頭。

不過，魔藥不是全然無效，起碼已經止血止住了。

「不管啦，我們快走吧！」藤原綾拉著我，往大樓緊急出口的方向跑過去，邊跑還邊說：「……從今天開始，我們【神劍除靈事務所】，跟【大宇宙】的合約，正式取消……」

「……這是社長命令！」

⊕⊕⊕　　⊕⊕⊕

我們從緊急出口跑出來，來到大樓後面的防火巷，又一直沿路跑到外面去，再刻意的左彎右拐了好幾次，直到確定後面可能沒有追兵，加上我真的已經痛到快暈過去了，我們才躲到另外一條防火巷去休息一下。

事實上，要不是有軒轅心法在運轉，我早就暈了……不過以防萬一，公孫靜還是自動的先繞出去觀察一下。

藤原綾扶著我來到牆邊讓我靠著，關心的詢問：「怎麼樣？還痛嗎？」

說真的，我已經是勉強撐著了。這可不是小擦傷，是肩膀整塊肉炸掉，深可見骨的那種傷勢——對，在止血之後，我竟然可以看見白色的骨頭啊！不要說回答了，就連思考都很困難，我連我們是怎麼跑到這裡、我自己又是怎麼在軒轅心法的幫忙下挨過來的都不清楚了。

公孫靜這時候也走了過來，關心的看了看我，但還是很公私分明的先向藤原綾這社長報告外面的情況。

藤原綾聽完之後，點點頭。

她現在一臉要哭要哭的樣子，感覺很可憐。不過我不知道她在想啥。

「死陳佐維先交給妳一下……我去旁邊冷靜冷靜。」

藤原綾叫公孫靜過來照顧我後，就自己一個人走到旁邊，蹲在角落搞自閉。但她不愧是見過大風大浪的，很快就背對著我們把臉抹一抹，站了起來，走回來對我們說她冷靜之後的結果。

「我們先找地方躲一下，然後馬上去日本。」

雖然是這樣講，但現在這躲一下的地方可不好找。

我們家已經被炸掉了，也不可能去藤原綾家，而且要是我的推論沒錯，現在搞不好全臺中到處都有想要綁架藤原綾的魔法師，一般與【組織】簽約的旅館也不能去。至於【組織】辦公室……搞不好一進去就被那大會長再次要求選邊站，選錯就馬上抓去關，去那邊跟自殺無異。

不過臺中就是賓館多，高級的旅館住不成，我們找那種休息三百五的小旅館躲一下也不是不行，現在這種情況也要求不了太多了。

擔心引來太多人注目，公孫靜把她的白色運動外套脫下來讓我披著，遮掩肩膀的傷口。可是因為我的臉色實在太蒼白難看，所以當我被公孫靜以及藤原綾架著走進某廉價旅館的時候，還是引來櫃檯小姐的側目。但是大概在臺中這種事情比較常見，所以她也沒問什麼，就讓我們進去休息了。

進到房間，藤原綾叫公孫靜把我扶去床上躺，然後自己拿出手機來撥號。

但就在她要撥出號碼的瞬間，我趕緊對著她發出大吼大叫，把她嚇得趕緊跑過來，先關心我的情況再說。

其實我不是因為痛，老實講痛到現在，我已經很悲哀的竟然習慣了，比較不痛了。我大吼大叫只是想阻止她用手機，所以在她過來之後，我口齒不清的說：「去……借電話……手機……不安全……」

藤原綾真的哭了出來，但她還是點點頭，把手機收起來，轉身跑出房間去借電話了。

藤原綾離開之後，表情一直很緊繃的公孫靜才終於開口了。

「……老公……你還痛不痛？」

雖然知道她們是在關心我的傷勢才這樣問的，但這問題真的問到我很煩。我是真的很痛，現在只是比較不痛而已，但還是痛得我沒辦法好好說話。剛才阻止藤原綾是因為我怕會引來更多麻煩，才拚死咬牙忍痛說出來的，而現在這情況我真的只能點點頭，表示我痛到靠盃，沒辦法說話回答她。

然而，一得知我現在還是很痛，一向面無表情的公孫靜竟然也和藤原綾一樣，難過得掉下眼淚。雖然不像藤原綾那樣誇張，但她的眼淚大概和人魚的眼淚一樣難得了。

「都是侍劍不好……沒盡到保護你的責任……」

我趕緊搖搖頭，想叫她不要太自責，不過她好像看不懂我搖頭的意思，繼續哭她的就是了。

過了沒多久，藤原綾回來了。

她一回來就湊到床邊，拉起我的左手，緊握著說：「……等一下會有人來救你，你給本小姐撐下去！」

我點點頭。

不過，雖然我沒資格這樣講，但我還是很想說，只是肩膀爆炸，死不了人的，她可以不用這麼悲壯。

可是這真的痛到讓人想死。

不知道等了多久，兩個女孩子難過多久，我們房間的門才有人敲了幾聲。雖然剛才藤原綾有提過可能是要來救我的人，但還是嚇得我們三個人都警戒起來。

「是誰？」藤原綾問。

同時公孫靜也舉起夏禹劍躲到門邊，打算直接給對方一個痛快。

「小公主，我來了。」

門外面是個男人的聲音，我沒聽過，但看藤原綾的表情，就知道這傢伙應該是她所謂的救兵。

站在門邊的公孫靜此時也小聲的對藤原綾說：「社長，外面應該只有他一個人。」

聽了公孫靜的話，藤原綾才點點頭，要公孫靜開門。

一開門，一個中等身材、年紀大約三十出頭，穿著西裝，拿著公事包的業務員走了進來。

「小公主，妳男人在……holy shit！這傷勢是怎樣？」

那業務員一走進來，本來還想問藤原綾的，結果一看到我就知道不用問了，趕緊走到床邊觀察。但我相信他也不用觀察了，瞎子都看得出來這非常嚴重。

那業務員把公事包放在床邊的櫃子上，然後對藤原綾說：「小公主！妳沒說這傢伙傷這麼重啊！妳應該帶他去看醫生，不是找我吧？」

「……我們現在不能去醫院。」

業務員愣了一下，沉默一陣子，才說：「所以那消息是真的了？【組織】通緝阿姨的事情。」

藤原綾點了點頭。

那業務員表情馬上就出現了猶豫。

「……你也覺得媽媽是想要毀滅世界的壞人嗎？」藤原綾緊張的問。

「不，我相信美惠子阿姨是好人。」業務員搖搖頭說著，但語氣一轉：「……不過，小公主，妳該知道我是個生意人，所以我……」

「我有錢！」

藤原綾馬上拿出韓太妍的提款卡，對著業務員說：「我有很多的錢！你要多少錢我都出！可是我需要你幫忙我……因為他是我……」

說到這裡，藤原綾就哭了出來，說不出話了。

那業務員看著這樣的藤原綾，搖搖頭，嘆了口氣，低頭看了看我。

「……我就幫妳一次吧。」業務員說著，不過卻是對著我說：「希望你這傢伙真的值得小公主為你流這麼多眼淚。」

雖然她為我流了很多淚水，可是其實我因為肩膀爆炸的痛苦，眼淚也流不少了啊！

這個業務員在願意幫忙救我之後，就從公事包裡面拿出一些瓶罐，然後直接使喚還站在門邊把風的公孫靜過來幫他。

藤原綾也主動的走過來幫忙。於是他毫不猶豫的對兩人下命令，一下子要幫他拿杯子，一下子幫他清理桌面，一下子幫他拿什麼什麼藥粉，三個人忙了半天，才弄出一團大便色的、發出大便臭味，黏糊糊的大便。

「把這團拿去塗在他的肩膀上，盡量塗得跟他原本肩膀的形狀一樣。」業務員把大便交到藤原綾的手上，交代她：「這東西可以暫時代替他的肌肉，也有幫助恢復的功能，不過形狀要是沒弄好，到時候還得找醫生整型。」

一聽到沒弄好的後果這麼嚴重，藤原綾趕緊對業務員說：「那、那阿強哥你來弄就好了……我怕……」

叫做阿強的業務員搖搖頭，把大便推回去，說：「不行，我從小到大美術分數沒有及格過，我弄就是肯定要整型。所以還是妳來吧！」

聽到阿強這樣說，藤原綾把大便又接回來，轉身準備要來幫我塗。但在她要下手前，阿強又制止了藤原綾。

「怎麼了？」

「沒，我只是想到這會有點痛，先給他吃點藥麻痺一下。還有……那邊那個小姐，幫忙拿條毛巾之類的過來讓他咬住好嗎？」

說完，阿強又從公事包裡拿出一顆黑色的藥丸，叫我嘴巴張開，把藥丸丟進來。我一口嚥下之後，公孫靜同時也從旁邊的廁所裡走了出來，將一條白色的，上面還繡有某某商務旅館字樣的毛巾塞進我的嘴巴。

「咬住，你應該不會想因為你等一下大叫引來太多注意。」阿強叮嚀完，才轉頭對藤原綾說：「小公主，上吧。」

「嗯！」藤原綾很堅決的點點頭，大概是做好心理準備了。接著她來到我右側的床邊，看著我說：「……我要上了喔！」

我咬著毛巾，對她點點頭。

然後……

「嗚嗚嗚嗚嗚嗚嗚嗚嗚嗚嗚嗚嗚嗚嗚嗚——！」

藤原綾把那坨大便塗到我肩膀上，大便接觸到傷口的那一瞬間，馬上爆發出巨大的痛苦！我感覺整個世界都空白了，咬毛巾的力道大到我可以將自己的牙齒咬碎，整個肩膀像是有火在燒一樣，就像是整個靈魂被人從肩膀抽離一樣，根本超乎想像，難以預測！搞不好還突破天際的痛，痛到我不斷的發出慘叫，身體也不斷的抽搐著。

阿強和公孫靜立刻上床來壓住我。

藤原綾塗了第一下看我這麼痛，本來嚇到要收手，但是狠毒的阿強卻要藤原綾狠下心來把我的肩膀修好。於是藤原綾只能一邊哭、一邊要我忍住，然後繼續塗下去。

折騰了不知道多少時間，藤原綾終於完成了肩膀修復的作業。但我的痛苦還在持續，痛到我寧願暈過去！可惜因為軒轅心法的關係，我腦子硬是保持著清醒。

我痛到表情扭曲、身體劇烈抖動，所以藤原綾也加入了公孫靜和阿強的行列，三個人把我一個人壓在床上不讓我亂動，以免還沒凝固的魔藥會變形。

這段時間真的度秒如年，每一秒我都寧願他們其中一個人乾脆直接給我個痛快，讓我死一死算了。

不過，時間一分一秒在走，痛苦終究會過去。那魔藥凝固了，效果也發揮了，疼痛的感覺開始被清涼的爽快感代替。最後，一股暖暖的、涼涼的，好似貼了正光金絲膏一樣的舒服感覺，包圍了我整個右肩。

而一直讓我保持清醒的軒轅心法，也在此時自動解除，我便慢慢的睡去。

⊕⊕⊕　　⊕⊕⊕

「起床。」

睡了應該沒有很久，我突然聽到有人叫我起床的聲音。

那是一個沒有聽過的男人聲音。

我睜開眼睛一看，就看到一個身材嬌小的中年禿頭男坐在床邊叫我起床。這畫面太過衝擊，導致我根本沒做好心理準備，愣了一下才發出大叫！

結果我才剛叫出聲來，那個中年男子立刻摀住我嘴巴，說：「不要叫啦！會被人誤會！」

我趕緊翻身，一腳把那中年男子踹下床，然後坐起來，右手抱著枕頭當盾牌，左手用劍指指著那被我踹了一腳的中年男子，怒吼：「誤會個屁啊！幹！你坐在我床上想對我幹什麼！幹！」

那中年男子在地上摀著被我踹了一腳的肚子，躺了一下後才爬起身來，對我露出充滿殺氣的表情。

接著，他慢慢把他的臉撕下來，現出他的真面目。

他……是藤原綾啊……

「嗚……死陳佐維你踢我！」

被我踹了一腳的藤原綾聲音還沒變回來，反倒先哭了出來，於是她一邊用男人的聲音哭哭，一邊指責我。

但就算是這樣，我還是有點怕怕的，不太敢過去安慰她，畢竟男人聲音實在太扯了啊！一點都不真實啊！

結果我沒去安慰她，藤原綾更難過、更生氣，淚水收起來就衝上床，助跑帶飛踢，直接把我連人帶枕頭的踢飛到床底下，還跑過來連本帶利的多踹兩腳，這才氣嘟嘟的跑回床上去坐著生悶氣。

被這樣對待之後，我的確用身體感受了她就是藤原綾的事實，所以才趕緊爬起來要去安慰她。不過因為起身的動作太大，一個不小心牽動了右肩的傷勢，我馬上痛得發出唉唷的一聲，又摔倒在地上。

這下子反而換藤原綾緊張了，她趕緊下床過來把我扶起來，好聲好氣的關心我有沒有怎樣。看到我搖頭表示沒事，她才安心下來。

我坐在床上，感受著肩膀的傷勢。

真的不得不說那魔藥很威武！扣掉還未完全復原所以右手上臂動彈不得以外，已經不太會痛了，就連外觀看起來也很正常。真的，那業務員雖然有個叫做阿強的遜名字，魔藥可是一點都不遜色。

另外，雖然沒有不敬的意思，但骨子裡流的是搞笑藝人的血的我，還是在起床之後，偷偷的模仿了一下前國家元首、現任土城王。我舉起難以行動的右手，用扁式的臺灣國語說：「有夢最美，希望相隨～大家好～我是阿————」

「你很無聊耶！」藤原綾坐在我身邊，毫不留情的打斷我的模仿，還白了我一眼。

我對她笑了笑，說：「好啦好啦……欸，妳剛才幹嘛裝成那樣嚇我啊？」

「阿強哥幫我們弄的。」藤原綾說著，還把那張面具拿過來，戴了起來，再度化身為中年禿頭男。

她說：「我把我們要去日本的事情跟他講了，他也認為我們如果待在臺灣，處境會很危險，那還不如趁早出國，所以幫我們做了這些面具。小靜也變了，他們兩個出去買些衣服回來換。」

我點點頭，還摸摸自己的臉，但我卻感覺不到有面具。

藤原綾笑著說：「哎唷～你還沒換啦！阿強哥說你剛才睡著了效果會有差，這面具要在清醒的時候直接製作，才能完整傳達表情變化的唷！」

「……那這樣子應該可以瞞過追兵，順利出國吧？嗯……不對啊！要出國不是還要什麼簽證……雖然去日本已經不用簽證了，但還是需要護照啊！我根本沒出過國，哪來的護照？現在才辦理，能馬上出去嗎？」

「唷，你也不算太笨嘛！」

藤原綾……不，我決定改叫她禿頭男。禿頭男笑了笑，說：「阿強哥已經幫我們處理好了，就連你那把廢鐵都處理好了。」

「廢鐵？呃嗯……妳是說軒轅劍嗎？它還在那邊地上啊！」

「當然不是這個意思，不過相關的證件、文件，阿強哥都已經處理好了。人家本來就很常走私些不法貨物，一、兩把廢鐵對他來說不算什麼啦！你真的要感謝他，要不是他，你真以為你那把廢鐵能過海關嗎？」

我點點頭，說：「嗯……這個阿強哥為啥對我們這麼好？」

聽了我的問題，禿頭男就把阿強的來歷說了個清清楚楚。

這個阿強是臺灣人，本名叫做「王強」。他已經移民到加拿大，且改名叫「王約翰」了，可是禿頭男還是一直叫他阿強哥。阿強他是賣魔藥的，平常工作就是去世界各地冒險、上山採藥，然後賣給客戶。

過去他因為生意失敗，差點在日本客死異鄉，是被美惠子阿姨救起來的。之後，美惠子阿姨更是提供他很多資源，想讓他成為藤原家專屬的魔藥師。雖然最後阿強沒有成為藤原家魔藥師——這似乎跟藤原家很排外有關係——但之後只要有新貨品，或者只要跟阿強做生意，都可以搶先試用或者拿到很優惠的折扣。

藤原綾之前一直會去找的那個魔藥商人，就是這個阿強。

而且阿強認識美惠子阿姨的時候，藤原綾才八歲，可以說他是看著藤原綾長大的一個大哥哥。

難怪這傢伙會一直喊藤原綾為小公主，還要確認我值得藤原綾這樣對待才肯救我。感覺應該就像老爸看到女兒長大了，快被來路不明的小子拐走，心有不甘才這樣問的啊！

雖然我沒女兒，不過《美少女夢工場》我只愛父嫁結局，所以我也很能體會這種心

情。

我和禿頭男兩人在床上聊了一段時間，突然有人敲了房間門兩下，然後就聽到公孫靜的聲音從門外傳來，原來是他們買東西回來了。

公孫靜一進到房間就嚇了一大跳，可是我才嚇了一大跳啊！因為這哪是公孫靜啊！這根本就是一個中年發福的肥胖男啊！你看那個肚子有夠大，那手臂和腳都有夠粗壯，奶有夠大……

靠！死阿強！你不會因為人家公孫靜是巨乳才把人家改造成肥豬的吧？

而且這改造還沒完成，因為她還是公孫靜的聲音啊！

阿強跟在肥豬後面走了進來，看到我就先走到我身邊，拍拍我的右肩，說：「怎麼樣？還可以嗎？」

我點點頭，說：「嗯……只是它還不會動而已。」

「沒這麼快啦！」阿強搖搖頭，說：「長肉、生膚、接骨、續筋，這藥含有這四種功效，不過都不快就是了。你沒事就讓魔力流動流動，會有幫助，但也差不多要一個月才會完全好。」

「嗯，我會的，謝謝阿強哥唉呀！」

我才剛喊阿強哥，想說學藤原綾一樣比較親近點，卻馬上被扁了一拳。

阿強不悅的說：「阿強是你叫的嗎?我叫 John ，不要給我搞錯了！」

……總之，我們就在這個 John 的安排下，順利的拿到三本假護照、假證件，換了三個假的身分，並且在他的帶領之下，成功的通過海關，搭上前往日本的飛機。

在登機前，禿頭男緊緊的抓著我的手，充滿鬥志的發出宣言。

「以前……都是媽媽在保護我。」禿頭男說：「現在，換我來保護媽媽了！」

NO.003

日出之國的魔法師

下了飛機，抵達機場後又是另外的層層難關。

不過在阿強神奇魔藥的幫忙下，我們真的是關關難過關關過。

也是到了此刻我才知道，一個真正厲害的魔藥師到底有多誇張。不管是變裝用的面具、讓聲線改變成歐吉桑的燒聲魔藥、附在身分證明上的障眼法魔藥、讓海關人員注意力下降的欺瞞魔藥，在阿強的信手拈來之下，屢屢在各種關鍵的場合發揮了功效，也讓我們成功的進入了日本的國境之內。

阿強帶著我們走出機場，招了一輛計程車。

日本的計程車跟臺灣的不一樣，最不一樣的就是他們沒辦法用小黃來統稱，因為不是全部都是黃色的。而且司機都會穿著乾淨、整齊的制服，不像臺灣的，有可能還會碰到那種只穿三角褲的司機。

阿強向司機用流利的日語交代了目的地後，再對我們說：「我已經幫你們安排好暫時住宿的地點了，不過我只能幫到這裡，剩下就得靠你們自己了。」

「阿強哥……」坐在我身邊的禿頭男感動得都快掉淚了，「真的，太感謝你了。」

阿強沒有說話，只是點點頭表示收到了。

然後他拍拍計程車的車頂，示意司機可以開車送我們離開，我們就只能在車上看著阿強的身影越變越小了。

在路上，司機用日語跟我們聊天。可是我們三個人裡面只有禿頭男懂日語，而且禿頭男個性還很糟糕，所以聊沒兩句就只剩下司機在自言自語，結果禿頭男還不准那司機自言自語，因此他只好一路沉默的開著。

不過，幸好路途沒有很遙遠，很快就抵達了位在機場附近沒多遠的一間飯店，看來阿強幫我們安排的地點就是這裡了。

付了車資後，我們三人魚貫的下了車。

一下車，公孫靜……不對，應該要說是中年肥胖大肚男就皺起眉頭。

「社長……我感覺到裡面有不少魔法師。」

「真的假的？」我聽了也皺眉，轉頭對禿頭男說：「欸欸，那個阿強該不會也跟【組織】說好，把我們拐來日本抓住啊？」

禿頭男白了我一眼，說：「不會。我猜那些魔法師應該只是來日本想要找媽媽的，不是追我們的。」

「侍劍認為，還是小心為上。」大肚肥胖男貼心的叮嚀著。

我們把行李拖著，走進飯店，朝著櫃檯走去要進行登記的動作。果然，櫃檯服務人員的電腦裡已經有登記了「約翰・王」訂的四人房的資料，所以我們很順利的拿到房間鑰匙，上去房間所在的樓層了。

結果才剛走到房間附近，就看到五、六個詭異的人一直在觀察我們房間。他們都穿著西裝。有了被制裁魔法師搞過的經驗後，現在我對穿西裝的人真的過敏啊！

不過，禿頭男倒是不太害怕，甚至更是直接破口大罵，用日語把他們統統趕走。

那群人一看到要入住房間的人原來是我們三個「普通人」，就自討沒趣的摸摸鼻子走人了。

走進房間，這房間不比我們之前在臺灣入住過的任何一個房間還大、還高級，但是麻雀雖小五臟俱全，內裡裝潢也是一點都不馬虎，該有的也沒少給你。而且畢竟是四人房，空間還是很足夠的。

禿頭男要中年肥胖大肚男先去把窗簾全部拉起來，然後叫我把行李先放在一邊後，就自己把面具撕下來，露出那可愛的真面目。

「呼～～～」

藤原綾往沙發上慵懶的一躺，用手摸摸自己的臉頰，嘟著嘴說：「這面具悶了人家快一天，嗚嗚，臉會爛掉啦……」

喂——妳快把面具戴上啊！妳現在這個藤原綾臉加上禿頭男聲線的妖怪，不要裝可愛啊！

公孫靜也把她的面具卸下，不過因為她除了面具以外，身上還有很多多餘的裝備，所以當她用這個面貌不小心照到鏡子後，竟然出現了難過的表情。

我猜她大概很難變胖了，因為很少人可以跟她一樣，在變胖前就對自己變胖後的身材搶先絕望。

我也把臉上的面具撕下，然後往旁邊的椅子上坐下，放鬆一下這幾個小時來緊繃的精神。不過一想到剛才外面那些鬼鬼祟祟的人，我忍不住問藤原綾說：「欸欸，妳不是說他們應該是來找美惠子阿姨的，怎麼全聚到我們房間外面啊？」

藤原綾躺在沙發上，歪著頭想了想，說：「……我不認為這跟阿強哥有關聯。或者可以說……是我們牽連他了。畢竟整個東方魔法界都知道阿強哥的來歷，也清楚他跟我們家的關係，加上他一向都是獨行俠，所以當他在這裡訂了四人房，會被人懷疑也是人之常情。所以我剛才才要大聲的喝斥那些魔法師……我還順便抱怨飯店人員的安檢不好之類的，假裝我們只是普通商人。」

「……嗯。」我點點頭，說：「那我們要在這裡待多久？啥時要去找妳媽媽？」

「我看此地也不宜久留，不如就現在吧！小靜，把面具套起來，我們出發吧！」

「……是。」公孫靜有氣無力的回著，因為那面鏡子真的害她心碎了。

我們三人把行李提著，面具套好後，藤原綾吩咐我和公孫靜，待會不管發生什麼事情都不要說話，由她──禿頭男來交涉，而且還要盡量大方的走動，不要畏畏縮縮的，搞得好像一副有問題的樣子。

禿頭男在講這些話的時候是針對我，我也只能摸摸鼻子，點點頭表示我不會怕的。

走出房間，走廊上的確是已經淨空了。看來這面具以及變裝的效果還算好，足以掩人耳目。可是當我才剛鬆一口氣，走進電梯下到一樓，一走出電梯的時候，看到眼前的陣仗，我還是不免倒吸一口氣。

整個大廳都是人。我們剛才走進飯店要登記的時候，也才小貓兩三隻，現在整個大廳都是人。他們或坐或站，獨自或者三兩成群，服裝、表情、膚色、種族各異，可以說是沒有共通點，但就在我們三人一出現的當下，他們同時統統把視線集中到我們這裡來。

這要說他們不是為了我們而來，我還真難說服自己。

不過他們就只是看著我們而已，沒有要出手的意思。

我們有驚無險的通過大廳，在飯店門口招了輛計程車，迅速的上車後，由禿頭男用日語向司機交代目的地，車子就出發了。

然而，我們的車子才剛開上馬路，竟然後面的一排車子也跟著啟動引擎出發，搞得我們好像車隊的帶頭一樣啊！

「靠盃，他們追過來了！」我回頭看著那些車子，著急的問禿頭男說：「怎麼辦？我們要一直跑給他們追嗎？」

「快到了。」禿頭男老神在在的說：「而且車上有普通人，他們不會貿然出手的。」

禿頭男所說的普通人指的就是那計程車司機，我想到那個魔法師不准傷害普通人的規定，心裡也安心一點。

結果就在這個時候，後車廂突然傳來輕輕的碰撞，根本不用回頭也知道是後面的車子故意撞過來的！

這一下不重，但是足夠了！足夠讓計程車司機飆出怒吼，足夠讓他緊急煞車停了下來。就因為這麼一停，後面那些車子也有了機會統統開到我們旁邊。

是說，日本人就是有禮數啊！發生了車禍後，司機竟然還先轉頭向我們道歉，然後才瀟灑的下車要跟後面的人理論。

結果禿頭男一看司機下車，就從包包裡面拿出一張紙人形，抓著它在空中畫出一個五芒星之後，把它往駕駛座一扔。接著就是見證奇蹟的時候了，那張紙人一下子變成了戴著墨鏡的式神！

「開車！快走！」

計程車司機才剛下車，還在檢查車尾情況的時候，那式神接收了禿頭男的命令，突然猛踩油門，直朝前方暴衝！

而那些原本成功逼我們停下車來的車隊，一看我們暴衝，也跟著一輛又一輛的衝刺過來！於是，雙方在公路上演飛車追逐戰。

禿頭男撕掉面具，再度露出藤原綾的臉龐後，對著身邊的大肚肥胖男說：「小靜，上吧！」

大肚肥胖男——公孫靜也把面具撕掉，點點頭後將夏禹劍從行李中拿了出來，接著施展出「軒轅劍法．曜日」，舉劍直接幫車子開了一扇天窗！然後她站了起來，看準後面的汽車，打出殘月劍氣，將距離我們最近的那一輛車子劈成兩輛！

車子一輛變成兩輛後，因為慣性而在路上翻滾，什麼輪胎、碎片的弄得到處都是，稍微降低了後面幾輛車的行進速度。

但僅止於稍微而已，其他車輛竟然也施展出高超的有如車神般的駕駛技巧，反應如鬼神般靈敏的S型駕駛，閃避過路上的障礙後繼續追逐我們。

「靠盃！甩不掉！」我緊張的喊著。

「我看到了，小靜，再來一次！」藤原綾繼續指揮公孫靜。

收到命令，公孫靜再度打出殘月劍氣。

上過一次當可以當作大意，後面的司機每個都跟顏回一樣，絕不貳過！一看到公孫靜的黃金劍氣，他們馬上轉向閃過，讓黃金劍氣在公路上挖了一個大地瓜！

從我這角度看不見公孫靜的表情，但我想她應該有點不爽，因為我感覺到她的靈氣不斷在提高——這就是公孫靜所說過的，我和她之間的聯繫。

然而，藤原綾一看到第二發劍氣已經徒勞無功，就搖搖頭說：「算了，先回來吧！」

結果公孫靜不但沒回來，反而還把夏禹劍直接扔了出去，施展出「軒轅劍法・流星」！她用靈氣巧妙的操控著飛行中的夏禹劍，一次就貫穿了三、四輛汽車的前輪，就聽到「碰碰碰，嘰——碰！框框框框框！」的一連串效果音發出。

我回頭一看，後面的汽車全部滾成一團！

這種以往只能在好萊塢電影中看到的場面，如今真實的在我眼前上演，我實在很難和坐在電影院裡面一樣大聲叫好，但真的很刺激。

任務達成後，公孫靜把劍收了回來，坐回原位，一臉氣定神閒的樣子，看起來好像剛才那只是小菜一碟。

剛才那一下雖然只摧毀了三、四輛汽車，但連帶的翻滾、旋轉和散落路面的碎片，的確對後方的追兵造成影響。式神也趁這時候加足馬力，完全不顧時速限制的在公道上狂飆！

我猜那位計程車司機收到罰單的時候，應該會很難過。

一看後面暫時沒有追兵了，我稍微鬆了口氣，問藤原綾：「我們到底要去哪啊？」

「我家。」

「廢話，妳家在哪啊！」

「附近。」

我點點頭，說：「快到了？」

「嗯。」

對話才剛結束沒多久，車子就往旁邊的交流道下去了。

雖然我對日本的地理位置不熟，不過路牌上的字我還算懂，畢竟寫那麼大的「大阪」兩個字我也很難不認識。只是除了這兩個字我看得懂以外，我還是說不出我們現在是在大阪的哪裡，唯一知道的就是，這裡還滿熱鬧的。

藤原綾叫式神把車子停到路邊，然後催促我們快點下車。一問才知道，這裡並不是我們的目的地，只是我們現在必須要換個交通方式，要不然這輛車開在路上就像是要叫警察過來盤查，以及跟那些魔法師們說我們就在車裡一樣。

我們換了另一輛計程車，一樣由藤原綾開口向司機講目的地。可是因為她現在的聲音還是大叔聲線，所以一開口那司機似乎嚇了一跳的樣子。

不過，該怎麼說呢？大概因為這裡是日本吧，偽娘多，所以司機竟然一下就接受了藤原綾的聲音。

「剛才的事情已經在廣播上聽到了。」

才上車沒多久，藤原綾就對我和公孫靜說：「司機表示是三個或者四個男人搶劫他的車，嗯……看來應該不會懷疑到我們身上。至於小靜妳用的那些魔法的痕跡，已經被【組織】和諧成……煞車痕了。」

「【組織】是以為人沒有眼睛可以看就是了喔！」

⊕⊕⊕　　⊕⊕⊕

由於那些追殺我們的魔法師不是還在處理事故，就是不知道我們已經換了交通工具，所以這次再出發，後頭就沒有追兵了。

不過藤原綾還是一直悶悶不樂，公孫靜還在因為身材問題心碎，我又聽不懂司機的日語，因此整趟路上都沒人講話，非常的安靜。

把人關在車子裡面一、兩個小時都沒說話，正常來說是會非常難受的。但由於我是第一次來到國外，不要說是路旁的景色令人感到新鮮，就連馬路的平整度也讓我感動到差點掉淚。

不管是都會區的繁榮抑或是住宅區的寧靜，甚至是郊區的農村景色、自然風光，都令人心曠神怡，光是享受這些異國風情就不夠時間了，根本很難難受。

我們走在快速道路上，穿過都會區、穿過郊區，又穿過住宅區、穿過都會區。車子也在不知不覺中行進了兩個小時，太陽都快下山了。從大阪出發至此，我們現在的詳細位置在哪裡我不清楚，但路牌上的漢字我還是看得懂，這裡是京都。

京都，日本歷史最悠久的古都，同時也是日本靈脈最強大、魔力最充沛的魔法都市。就好比英國的倫敦、中國的南京一樣，在魔法的歷史上都有不可抹滅的地位。

這些都是之前藤原綾在傳授我魔學常識的時候，幫我補充的簡單地理學。我對這裡還有另外一個印象，那就是傳說中東亞最強、日本第一的神道結社·【藤原結社】的大本營，就在這裡。

而我們也相信，人在日本的美惠子阿姨，應該就在【藤原結社】裡面。

當初我聽藤原綾這樣推測自己媽媽的所在地後，我就有詢問過，現在美惠子阿姨是全球通緝的通緝犯，跑回日本老家的話，會不會因為身分敏感的問題被逐出家門，甚至是被自己人背刺？

藤原綾搖搖頭表示不會，因為【藤原結社】的歷史非常悠久，本身也非常強大，強大到整個【組織】都不敢忽視，是絕對能排上前五大結社之一的等級。

也因為【藤原結社】是如此的強大與驕傲，所以他們是絕對不會把自己的大當家交給【組織】處理的。美惠子阿姨回去後絕對會得到完整的保護，但是相對的，也會受到自己家族內的審判——不過，不管結果如何，世人永遠不會知道真相。

就好比當初【大宇宙結社】的韓太賢事件一樣，他們也沒有把韓太賢入魔的真實情況報告給【組織】知道。

簡單講，就是家醜不外揚。

但是不管怎麼樣，在【藤原結社】的庇佑下，【組織】想要討人，就要有長期抗爭的打算。因為【藤原結社】本身就是一個有能力可以向全世界魔法師宣戰的大結社。

尤其是在這塊土地上，【藤原結社】更是有無比的自信。

以往我們的魔法決鬥，大多都是人對妖怪，然而事實上，魔法師與魔法師之間的戰鬥，歷史上從沒少過。

由於這世界上並沒有所謂「最強」的魔法，端看使用者的實戰經驗、臨場反應和熟練度來分高低，所以一些外在因素，往往都是影響決鬥結果的重點。比方說地形優勢、當地信仰、靈脈走向等等。

就好比藤原綾在她四方五行元素定位完之後，說話都可以很大聲，可一旦其中一邊沒定位完成，她的威力馬上大打折扣。

在日本，結合靈脈、地形、信仰三大優勢於一身的【藤原結社】，更可堪稱無敵。他們在這裡謙稱第二的話，我還真想知道有誰敢跳出來說自己是第一。在整塊日本的土地上都有優勢，就更不用說號稱大本營的京都了。

因此，當我確認了「是不是到京都啦？」、「已經到京都啦！」之後，我就開始緊張起來了。

不對，或許該說是「興奮」。

不知道這號稱「東亞最強、日本第一」的誇張結社，其結社本身會有多誇張？

過往我們造訪過的結社，每個都在耍大隱隱於市，每間都在比破爛的，有的還甚至乾脆轉型成紀念品商店來貼補經濟，每次都讓我對魔法結社的期望落空。但這次可不一樣，光是地點就不是什麼隨便的臺北小巷子、南投旅遊中心之類的，這可是歷史悠久、靈脈最強大的古都．京都，我相信一定會不一樣的！

然而，我們不在人來人往的都會區停車，不在一堆名勝古蹟前停車，卻是一直開到一個山腳下的小住宅區才停下。

這住宅區給人的感覺就是電視上看到的那樣。如果有常看什麼《全能住宅改造王》、日劇、或者日本的綜藝節目，應該比較能清楚想像出這個畫面——

屋子大部分都是獨棟透天，有兩、三層樓高，每戶都有小前院，然後一間一間的並排，很整齊的放在一起。路上還可以看到穿著水手服的學生妹騎著腳踏車經過，也可以看到可能是要去買醬油的年輕女孩。

但是整體來說，其實人並不多，車也不多，跟臺灣那種擁擠又沒啥規劃的巷道感覺就是不同。

「我家到了。」

「妳家到了？」

藤原綾突然冒出這麼一句話，讓很專心在看買醬油的……我是說很專心的在看小鎮風光的我很震撼。想不到這日本第一的結社也要搞大隱隱於市，我實在很難不震撼啊……

「也不完全是啦！」藤原綾聳聳肩，看著窗外說：「這整個鎮，都是我家的。至於我家本院……在山上。」

我靠！

聽到這種話我馬上又大吃一驚啊！這根本不叫大隱隱於市了，直接把整個鎮都搞成自己的產業，你們家也太誇張了吧？難道說剛才那個踩腳踏車去買醬油的年輕妹妹，也是妳家買的嗎？那個要多少錢啊？

車子沿著路一直往山的方向開去。在路上我就能感覺到這裡果然是藤原家的一部分，因為隨著我們越靠近那座山，路邊的閒人就越多，而且一看就知道是趕過來這裡要抓美惠子阿姨的魔法師。

那麼為什麼不敢上山去？

我想原因不言而喻。

……因為前面有人在擋路。

一個大約十六、七歲的年輕女孩，穿著巫女服，身邊帶著六個穿著深藍色武道服的男孩，擋在唯一可以上山的道路上。當然，為了防止有人直接開車衝撞，後面也有路擋，跟一些很像用來獵捕山豬用的陷阱。

看到這個陣仗，司機本來想要停車的，可是藤原綾卻示意他繼續開過去。雖然我聽不懂，但我感覺她好像在講「不要怕，那是自己人」之類的句子。

前面的女孩一看到我們車子靠近，馬上拿出哨子對我們吹著，要我們停車。車子一停下來，左右的武道服男也跟著過來把我們包圍住。

「@#$%$#？（日語）」

計程車司機把車窗搖下來，那個年輕巫女就過來用日語詢問。然而，在司機開口回答之前，藤原綾反而先開口了。

「&#$@$&。（日語）」

年輕巫女愣了一下，接著好像認出藤原綾來了，開心的說：「&#%@&*%$#！（日語）」

藤原綾也笑了笑，說：「&@$%$##。（日語）」

馬的！我開始懷疑導演把舞臺搬到日本只是方便他用這招騙稿費啊！你是不是根本懶惰想臺詞了啊？導演！

「下車吧！」藤原綾轉頭對我笑著說：「是自己人，沒事的。」

其實不用藤原綾強調，從她和那女孩的互動，我也看出來她們是自己人了。甚至不用我看，我用膝蓋想也知道——這裡只要是【藤原結社】的人，哪個不跟妳是自己人？

就在我們剛下車的時候，那群圍在路旁的魔法師們就騷動了起來。

「&#$%@$#！（英文）」

「X&#$%@$#！（日語）」

「@&%$#＊！（不知名的語言）」

「$#＊@$%%$！（中文）」

……那個，最後一句我想應該是「不准走！【自在天結社】奉【組織】之命前來緝拿通緝犯藤原綾！識相的就乖乖投降，不要逼我們出手！」才對。

聽到這種話，我們幾個都愣了一下，那計程車司機更是一看苗頭不對就馬上落跑。

奇怪了，【組織】不是只要抓美惠子阿姨嗎？怎麼到現在變成連藤原綾也被通緝了？這是哪招啊？

在我們覺得疑惑的時候，那票魔法師竟然先出手了！

就聽到各式各樣的咒語、咒文、經文，用各種語言同時唸出來，混雜在一起，變成有如菜市場般的吵雜。

而且幾乎是在同時，十幾道混雜著各種閃光特效、符文飛鏢、盧尼石等等的魔法攻擊，從四面八方朝著我們攻了過來！

公孫靜現在雖然體型肥胖，但反應和速度依舊，她馬上抽出夏禹劍往前一站，施展軒轅劍法就想抵擋這些攻勢。可是雙拳難敵四手，更何況現在雙拳要對抗起碼四十手！我只能趕緊轉身抱住藤原綾，想盡量用身體幫她擋下這些莫名其妙的攻擊。

然而，這些莫名其妙的攻擊在距離我們三公尺之前，就因為撞上無形的氣牆，而統統發出激烈的爆破聲，上演了一場對我們來說有驚無險還非常好看的煙火秀之後，消失了。

我抱著藤原綾，轉頭一看。

只見那個巫女用手中的紙扇指著前方，紙扇還發出淡淡的紫色光芒。她眯著眼睛，冷冷的對著那些人說：「%$@＊&#。（日語）」

像是怕導演再這樣搞下去會天怒人怨似的，藤原綾輕輕的把我推開，然後面帶微笑的對那些魔法師說：「想在我們【藤原結社】的地盤對本公主不利？我看，你們還不夠資格。」

說完，她又說了一句「我們走」後，轉身就往山上走去。

我和公孫靜兩人則是警戒的看了看那群魔法師，確認他們只能咬牙切齒的看著藤原綾離開卻又無可奈何之後，才轉身跟著藤原綾走。

不過我們才剛轉身，那個巫女就把紙扇對著我們，那群武道服男也再度圍過來把路擋住，看起來不打算讓我們通過的樣子。

「＃＄＠＃＄＊＆！（日語）」

巫女瞪著我，紙扇和劍一樣的指著我，不帶善意的用日語對我吼著。

這一聽我就急了，趕緊指著藤原綾說：「……呃？不是啦！我聽不懂，我們跟她是一起的，不能過去嗎？」

聽到我們這邊發生爭執，藤原綾趕緊回頭過來了解情況。

那巫女聽到我說聽不懂，先是愣了一下，才說：「我說，這裡只有藤原家的人才可以通過。兩位保護姐姐的行為，瞳在這裡代表【藤原結社】向兩位道謝。但請兩位速速離開，否則不要怪我們出手了。」

「&#$%&*……瞳、小瞳！他們是我的手下，就讓他們過來啦！」

藤原綾原本還想用日語交談，但因為看對方說中文也通——而且中文還挺溜的，我看比韓太妍還要好——所以就改說中文，好讓我們都聽得懂，觀眾也不會罵導演白爛。

「姐姐，這是太當家的意思。非常時期，非藤原家的人都不准上山，就連分家的人也不例外，更何況這兩個外人？」

這個叫小瞳的女孩非常的堅持，就是不讓我們過去。

可是不讓我們過去，表示他們多半也不會在乎我們的死活啊！外面有三、四十個想要我們死的魔法師在，你們怎麼不乾脆叫我們自殺算了啊！

「爺、爺爺的意思？」

「……姐姐，要叫太當家。」

藤原綾眉頭一皺，認為事情並不單純。雖然我不知道太當家是誰，可是一定是比美惠子阿姨更跩的人物，看來這命令沒那麼容易違背才是。

「誰……誰說他們不是藤原家的人啊！」

思考很久後，藤原綾突然臉紅了起來，支支吾吾的對著小瞳說：「妳、妳知道那傢伙是、是妳的什、什麼人嗎？」

小瞳搖搖頭。

一看到她搖頭，藤原綾就說：「他他、他……他是妳姐夫！」

「咦？」

聽到藤原綾這樣講，我和公孫靜同時發出疑惑的驚呼聲。

藤原綾直接走到我身邊，把我的手勾起來，對著那小瞳說：「他、他他已經……已經入贅了！是媽媽同意的！不、不信的話去、去問媽媽啊！」

「媽媽同意的？」小瞳更疑惑了，把紙扇收起來，歪著頭說：「媽媽沒提過姐姐在臺灣已經結婚了啊！」

「我說這樣就是這樣！」藤原綾大吼，「這傢伙是我的……我們藤原家的人！他已經姓藤原了！旁邊那個是……是……跟著他一起過來我們家的小、小侍！對！他們都姓藤原，妳去問媽媽就知道了！現在，不要擋我們了，讓我們過去！」

我靠！我才剛到妳家就變成入贅身分？

這也就算了，我還跟著姓藤原了啊？靠！

……靠！藤原佐維，妳當我下圍棋的喔？

聽到藤原綾用大吼的方式表達了我和公孫靜的身分後，小瞳很仔細的打量著我們。不過，她對我這個「姐夫」似乎不大感興趣，而是對我身邊的公孫靜比較有意見的樣子，因為感覺她的視線一直集中在公孫靜她冠絕群芳的俏臉上，像是在想「這麼漂亮的女孩子，為什麼可以這麼肥胖？」一樣。

一看小瞳擋路的意思減少、觀察的用意增加，藤原綾就立刻拉住我的手要硬闖。但是小瞳的反應很快，一看到我們要硬闖，馬上紙扇又拿出來，搖搖頭對藤原綾表示她要捍衛這個禁區的決心。

「就、就算是姐夫……也、也要我先去通報一下才行！」

這句話一說出來，我總覺得公孫靜她好像抖了一下。

我猜大概是她對於小瞳能這麼公私分明感到欽佩，因為她自己還滿常被我動之以情，拗不過我就被迫幹些她不願意幹的事情。

當然不是什麼奇怪的方面了，我們的關係是很健康的。

「所以妳打算要我待在這裡，然後眼睜睜看著他們被外面那些人打死嗎？」藤原綾反問。

「就算是這樣……嗚……」

小瞳好像真的無法處理太多訊息的樣子，雙手緊抓著她的招牌大紙扇，皺著眉頭嘟著嘴，小臉漲紅。

我總覺得這要是在動畫的世界裡，她的頭還會冒煙出來。

藤原綾放開我的手，走到小瞳身邊把她的紙扇收過來，小瞳還因此發出了驚呼聲——我說妳的紙扇有沒有這麼好被人搶走啊？

收過紙扇之後，藤原綾還反過來拿著那紙扇往小瞳的頭上打下去，就跟《灌籃高手》裡面的湘北隊經理彩子用紙扇揍櫻木花道的樣子一模一樣。

「嗚嗚！」

「走啦！我們跟妳一起上去，爺爺要罵妳的話，妳就說都是我硬要上山的。」

這一下好像真的很痛的樣子。

小瞳被打得雙手抱頭，眼眶噙著淚水，嘟嘴瞪著藤原綾。

我原本以為像小瞳這樣瞪人，藤原綾又會發飆，紙扇多打好幾下，邊扁還會邊說「看三小？本公主要扁妳，妳敢有意見嗎？」之類的狠話。結果沒想到，藤原綾反而搖搖頭，把紙扇還給小瞳，還揉揉了小瞳的天靈蓋，用日語小聲的安慰幾句。

原來被打裝可愛是有用的！這招我得筆記下來，下次就來試看看好了。

拗不過藤原綾，小瞳只能無奈的嘆了口氣，回頭對那些武道服男用日語吩咐幾句，就對我們說「請跟我來吧！」，然後帶我們上山。

當然，我們一走，後面那些賭外圍的……我是說堵在外圍的魔法師們就起了騷動，還嚇得我和公孫靜立刻回頭。

結果那六個武道服男馬上擺出武打的POSE，一副「你敢過來我就揍你」的凶狠模樣，竟然就這麼壓下了那群魔法師的騷動。

看著他們牙癢癢的樣子，不知道為啥，我覺得還滿爽的。這幾天見到這群魔法師就是得跑、逃、躲，我還因此賠上一條右手，到現在都還行動不便，所以現在他們拿我們一點辦法都沒有，真是有種稍微出了口氣的感覺。

⊕⊕⊕　⊕⊕⊕

小瞳走在最前面，藤原綾跟在她身後，我和公孫靜則是走在最後面，四個人成一直線的方式上山，有點RPG遊戲的感覺。不過，剛才太緊張了沒想到，現在安靜下來了，有些疑問便湧上心頭。

我相信很多人都跟我一樣，對於發現自己莫名其妙的變成一個附在染血棋盤上、長得不男不女的幽靈感到震撼，而沒注意到一個就設定上來說很大的BUG。

那就是……藤原綾不是獨生女嗎？她也沒跟我提過美惠子阿姨有再婚或者養小狼狗之類的，為啥會突然冒一個長這麼大的妹妹出來咧？

所以我追到藤原綾的身邊，向她提出我的疑問，不過卻惹來她一頓白眼對待。

「……你想幹嘛？」

「關心一下啊！」

「關心什麼？這是我妹妹，你這王八蛋！」

「噗啊！」

我都不知道我說錯什麼啊！問一下她妹妹的事情也要被扁是哪招啊！

結果我被扁反而引來前面那個小瞳的關心，她停下腳步回頭觀望她姐姐和「姐夫」的互動，然後歪著頭說：「姐姐，妳幹嘛啊？」

「出氣。」

藤原綾拍拍雙手，然後對小瞳說：「我跟妳說，這傢伙是個王八蛋而且還是變態狂，專門欺負像妳的這種小女生，妳離他遠一點！他問妳問題不准回答，也不可以跟他說話，知道嗎？」

「……所以他跟太賢哥一樣嗎？」

「不，他更糟糕。」

小瞳很卡通的點點頭，還左手掌心向上，右手握拳拳眼朝下的捶了一下左手掌，表示了解了。

了解個頭啊！我到底哪裡變態啊！

不過扁歸扁，藤原綾還是跟我說了這小瞳的由來。

小瞳全名叫做「藤原瞳」，是【藤原結社】的太當家在很久以前雲遊四海的時候，撿回來的。姑且不管為啥雲遊四海會撿到小孩，總之，小瞳對於神道的領悟力的確高到難以想像，光就這點，甚至還超越了小時候的美惠子阿姨。也因此，一向排外的【藤原結社】，很難得的破例收養了這個小孩。

但是在考慮到太當家當時年事已高，外孫女都出生了，再撿個比藤原綾更小的小孩回來當女兒，長大後輩分也許會亂了套，於是要求美惠子阿姨認領藤原瞳為二女兒。

雖然改由美惠子阿姨認領，但藤原瞳也僅是跟著藤原綾一樣喊美惠子阿姨「媽媽」，實際上美惠子阿姨光照顧藤原綾就分身乏術了，所以藤原瞳多半都是由保母照顧，並由太當家親自傳授魔法。

不過，縱使美惠子沒有將母愛分給藤原瞳，藤原瞳自己倒是很受藤原家的眾人喜愛。她長得很可愛——連藤原綾都覺得藤原瞳很可愛——又很乖巧、懂禮貌，又會主動幫忙家裡的家事。

至於她原本就超高的魔法天賦，更是不讓眾人失望，甚至還一再打破眾人的眼鏡，以七歲的年紀就站上「神樂」的舞臺，幫忙祭典的舉辦。

就是這種幾乎找不到缺點的完美人格，因此不要說是本家的人喜歡她，分家的人也喜歡她，就連看每個人都不爽的藤原綾也很疼這個「親」妹妹，真的可以用人見人愛來形容也不為過。

原來是領養的，怪不得長得和藤原綾一點也不像！光是那個應該還在發育便已經成功超越藤原綾極限的胸圍，就讓人很難直接把她們倆跟姐妹這個詞聯想在一塊。

「……結果姐姐自己講得很高興。」

介紹到這裡的時候，藤原瞳突然轉過來，雙手扠腰，裝可愛的瞪著藤原綾，說：「這麼久沒回家，一回家就是凶我，而且還都不理我！我真的要生氣了喔！」

說著，她還很卡通的跺了跺腳。

這種幼稚的行為如果讓其他人做大概只會被人側目，但從這麼一個可愛的少女身上做出來，不但一點也不奇怪，甚至還會讓人覺得她可愛的程度突破天際了。

「哈哈……@＊%$&#。（日語）」

對於藤原瞳的行為，藤原綾只是笑著用日語說了一大串。

這讓藤原瞳呆了一下，看了看我和公孫靜，才對藤原綾說：「……姐，我們說中文啦！不要讓客人覺得我們在排擠他們，這才是待客之道。」

一直到現在我才知道，為什麼明明藤原瞳是日本人，卻全程用中文在說話了。原來是考慮到我們不懂日文啊！竟然這麼貼心，實在令人難以想像啊！這角色要是互換，我猜藤原綾大概只會說出——

「不用管他們啦！尤其是那個王八蛋，不准考慮他的感受，妳要小心自己的安全。」

幹，你看我猜得多準啊！她果然這樣說啊！

藤原瞳笑了出來，說：「姐這樣說，那還跟他結婚？不是嘴巴自己打了嗎？」

聽到藤原瞳用文法錯誤的成語回嘴，藤原綾剎那間無法出口反擊，只能「呃嗯……」的愣在那邊。

「哈哈哈～姐一定很愛姐夫，怕他被別人搶走，才會這樣說對吧？如果是這樣的話，那我就原諒妳都不理我吧！」

「喝啊！死藤原瞳！妳再亂說下去我就揍妳啊！」

果然，說到最後，藤原綾的見笑轉生氣還是不分對象的。

這座山還滿大的，所以路途遙遠。

在路上，藤原瞳取得了藤原綾的同意，正式的向我們做了一次自我介紹——因為她覺得自我介紹還是要自己做比較合適。當然，我們也向她介紹了自己，不過我很順口的說了自己叫陳佐維，差點被藤原綾踢下山去。

說到路途遙遠，就不得不提小日本鋪路造橋的技術和棒球一樣真的領先亞洲起碼三十年。連這山上的道路平整度，搞不好也比臺灣的高速公路平！我終於知道為什麼有人可以在秋名山上殺灣殺到出成漫畫、動畫、電玩了。

叫那送豆腐的來北宜跑看看，第一個彎道大概就殺到整輛車都殺出去，轉換跑道殺去陰間送貨了，那還真的連車尾燈都看不到啊！

這趟不短的路程在我們聊天之間，不知不覺的就走完了。藤原瞳的乖巧、不搶話和適時的應對，讓我對她非常有好感——老實說，當初要是由這個妹妹帶領我進入魔法界，搞不好我早就已經變成大魔法師了。

我們走到一道隱藏在樹叢裡的石階前，就停了下來。因為隱藏在樹叢裡，平常人根本不會注意到這道小石階。這石階很老舊，但是好像很常有人走動的關係，表面很乾淨，而且往上看去，不知道有幾百階，光看就雙腳發軟。最後，一想到我們還提著大包小包的行李，我就頭皮發麻。

「姐夫、小靜，接下來的路會比較難走，你們要小心一點喔！」

說完，藤原瞳轉身要走，結果卻被一堵無形的氣牆擋住，整個人彈了回來。

這突然的意外讓我很沒良心的笑了出來，然後藤原綾馬上揍了我一拳，應驗了樂極生悲的道理。

「……嗚嗚，忘記了。」藤原瞳揉著額頭，回頭對我們說：「這個結界，不是藤原家的血脈沒辦法直接穿過去的……姐夫、小靜，你們先別過去，我幫你們施咒。」

藤原綾很沒脾氣的幫藤原瞳揉了揉額頭，就先走上石階等我們。

藤原瞳則是從袖子裡拿出一包白米，打開後閉著眼睛用日語默唸咒語，接著將白米往我和公孫靜身上灑，然後也往自己身上灑了一點，才笑著說：「現在可以通過啦！我們過去吧！不要讓姐姐等太久。」

說完，藤原瞳就走了過去。

我看著那石階嘆了口氣，也走了過去。在我踏上石階第一階的時候，我聽到小小的「啪！」的一聲，好像保險絲燒斷的聲音。可是前面的藤原綾姐妹已經走了，後面的公孫靜也好像沒聽到，所以我就不以為意。

不過，這像是驚動了什麼東西一樣。

我可以感覺到石階傳來了震動，接著是跑步的聲音，然後就看到好幾個同樣穿著深藍色武道服的年輕男子從山上衝了下來。他們每個人的表情都非常緊張，一臉如臨大敵的樣子，一看到我們——不對，應該說是一看到我，就把目光全都集中到我身上，然後加速衝了過來。

他們跑步的步伐很大，每一步都用力的像是要把石階踏碎般。藤原綾和藤原瞳還沒來得及反應，那群人就一個個跳了起來！他們跳起來的高度之扯，就好像地心引力失去作用一樣，就好像駭客任務的畫面重演一樣，讓他們輕鬆的就躍過了藤原綾和藤原瞳，在半空中做出攻擊的動作，直取我而來！

同時，我身後的公孫靜也出動了！她拖著肥胖的身軀，竟然也可以誇張的飛起來，然後在半空中完成拔劍、劈砍、一個打十個的高難度動作。

雙方就這麼在半空中纏鬥起來，但不管是誰，都占不到便宜。幾個回合過去，兩邊都完好無缺的翩然落地。

不對，肥得跟豬一樣的公孫靜是翩然落地，那群武道服男每個落地的時候，則是發出碰碰碰的聲音，甚至還有幾階石階被踏出裂痕。

他們的攻勢還沒完，甫落地，馬上回頭對著我再攻一次；公孫靜也一樣，回頭再打一回合。兩邊好像不用換氣，速度超快。但是公孫靜實在抵擋不了那群訓練有素、默契十足的武道服男，剛才在空中還可以打個平手，平地戰就落了下風，節節敗退。

同時，上面還有另外一群人也衝了下來，穿著一樣，但年紀稍長。一衝過來也同樣直取我而來！

「喝——！」

一看大家衝過來就跟瘋了一樣的要扁我，藤原瞳趕緊大喝一聲。不過她的大喝沒啥效果，因為聲音嚴格來說還是不大，反而有點溫柔。

結果就換藤原綾出嘴了！

藤原綾拿出她河東獅的看家本領，暴吼一聲，果然馬上喝止了現場混亂的秩序。

這就是「閃開，讓專業的來！」的最佳示範。

不過，就算是這樣，那些武道服男還是團團圍住了我們，每個都面露凶光，眼神直咬著我不放。

我和公孫靜兩人背貼著背互相掩護，同樣用眼神不甘示弱的瞪回去。

等現場情況稍微不那麼混亂了之後，晚來那批年紀比較大的武道服男中，一個塊頭最大的超兄貴阿伯往前站了一步，對著我用日語破口大罵。

雖然我聽不懂，不過這種無視藤原綾的舉動果然惹她不爽了。她聽了阿伯的大罵之後……就笑了出來？而且還不是微笑，是那種好像聽到什麼超北爛的笑話一樣，笑到要蹲下去的程度。

看來這阿伯很強，光開口罵人的臺詞就比 PTT 上的 Joke 板好笑了。

對比藤原綾的反應，藤原瞳就顯得正常許多。她一開始跟那些武道服男一樣，聽了大罵的內容後，就轉身警戒的看著我，像是在看什麼怪物一樣。結果藤原綾一笑，她也跟其他的武道服男一樣，疑惑的看著藤原綾。

當然，疑惑的人也包含了我和公孫靜。

「……幹嘛啊？」我問。

藤原綾搖搖頭站了起來，對著那些武道服男用日語說了一大串，結果剛才那個超兄貴就很不滿，好像要先針對我的事情處理完才肯走一樣。

於是，藤原綾轉頭先對藤原瞳講了一大串日語，之後藤原瞳就從她紅色褲裙的口袋裡拿出一個勾玉，將勾玉交給藤原綾。

藤原綾一拿到那勾玉，馬上就囂張起來，指著那個阿伯破口大罵，罵得阿伯好像都快哭了，可是又沒辦法回嘴。最後那阿伯受不了了，忿忿不平的向藤原綾告辭，率領那票人繞過我們，往山下的方向跑去了。

騷動平息後，藤原瞳把藤原綾手上的勾玉收了回來。她轉頭瞪著我，把招牌紙扇拿出來，指著我問說：「你是誰？為什麼要破壞掉我們家族的結界？是不是【組織】派來的奸細？說清楚！」

「咦？」

我原本對於事情是怎麼發生的還在一頭霧水——說真的，連怎麼結束的我都不清楚啊！然而，現在一聽藤原瞳的質疑，我才驚覺原來剛才踏上石階所聽到的聲音，就是我無意間又把人家的結界踏破的聲音啊！

咦？為什麼我要說「又」呢？

「咦什麼咦啊你！說清楚！」

感覺藤原瞳是真的生氣了，人越站越近，紙扇都已經戳到我的胸口上面了。

她瞪著我說：「你接近姐姐到底有什麼目的？是不是【組織】派你過來破壞我們【藤原結社】的結界？」

「不、不是啊！那純粹是意外啊！」

「【藤原結社】的結界是意外就可以打破的嗎？」

「可是就真的是意外啊！」

就在我有詞講到沒詞，公孫靜似乎也即將要動手護主，場面一觸即發的當下，那個笑得不支倒地的藤原綾終於恢復了正常。

她面帶笑容的走到藤原瞳身邊，雙手搭著她嬌小的肩膀，說：「小瞳，把紙扇收起來，妳姐夫他不是故意的。」

說著，藤原綾還主動的壓下藤原瞳的紙扇，對她解釋：「他這個人啊……體質很特別。媽媽把他叫做『結界破壞』。據說全天下沒有一個結界是他破壞不掉的……嗯，只要被他摸到，所有的結界、封印，都會被破壞掉。」

藤原瞳愣了一下，雖然沒說話，但臉上似乎寫滿了「怎麼會有這種人？」一樣。但她還是很執著的把紙扇戳回我的胸口，瞪著我說：「好啊！原來【組織】知道你有這種能力，特別叫你滲入我們……等一下……」

藤原瞳頓了頓，轉頭看著藤原綾，問：「……姐，妳早就知道了？」

藤原綾點點頭，說：「是啊！我也因為他這能力吃過一次虧……哼！還虧大了呢！」

說到虧大了，藤原綾還瞪了我一眼。但其實我不知道她到底哪裡虧大了，嚴格說起來，我踏破她的結界之後，我虧的比較多一點吧！

「總之，他不是壞人，小瞳不要這麼緊張。」

藤原綾下了結論，然後轉身就往山上走，提醒著：「快點上去吧！天都快黑了！這裡天黑很難走的。」

看著藤原綾的背影，藤原瞳似乎有點無力。她沒有跟上藤原綾的腳步，而是站在原地問藤原綾說：「……那，這到底哪裡好笑了？」

「嗯？」

藤原綾也停下腳步，回頭看著藤原瞳。

因為藤原瞳現在是背對我，所以我不知道她的表情是怎樣，然而從藤原綾的反應看來，大概是藤原瞳比剛才更生氣的感覺。

藤原綾搖搖頭，笑著說：「哎唷……妳想想嘛！號稱東亞最強、日本第一的【藤原結社】的守護結界，這一千多年的歷史中幾乎沒有被打破過的記錄，結果卻因為有個笨蛋不小心踩了一下，就整個爆炸掉了。嗯……妳不覺得這很諷刺，很好笑嗎？走啦走啦～不要生氣了啦～姐肚子餓了，我們快點上山去吃晚餐吧！」

說完，藤原綾就再度轉身，往山上走去。

藤原瞳也邁開腳步，追上藤原綾。

我和公孫靜互看一眼，知道再不走大概就會被丟在這裡然後回不去了，便趕緊跟上她們姐妹。結果我們才剛走兩步，那藤原瞳就已經追上藤原綾，然後用紙扇狠狠的朝藤原綾的後腦杓打了下去！

「唉呀……藤、藤原瞳！妳幹什鬼啊妳！」被扁了一下的藤原綾憤怒的回頭瞪著藤原瞳質問。

藤原瞳雙手緊抓紙扇，對藤原綾說：「……這一點也不好笑！這很危險！姐姐是笨蛋！要是有人趁剛才結界被破壞掉之後闖進來，我們的家就沒有了！一點都不有趣！妳竟然還笑得出來？」

藤原綾還是一手摀著後腦，瞪著藤原瞳。

我原本以為依她的個性，會立即發飆、然後姐妹倆一言不合就開打，所以為了不要被颱風尾掃到，我還乾脆停下腳步在原地觀望。沒想到藤原綾卻好像硬是把這口氣吞了下去，回頭繼續往山上走。

「……**對不起**。」

藤原綾道歉了……藤原綾道歉了？藤原綾道歉了啊！

這一幕真的嚇死我了，我沒想到藤原綾竟然可以這麼容忍藤原瞳對她的行為啊！剛才要換作是我，不要說是拿紙扇K藤原綾的頭了，就算只是對藤原綾嗆聲，下場要是沒死都算我命大啊！

聽到藤原綾道歉，藤原瞳似乎也沒脾氣了。她默默的把紙扇收起來，轉身對我和公孫靜深深的鞠了一躬，說讓我們見笑了後，就要我們趕緊跟上，然後上山去了。

「嗯……」

公孫靜走到我身邊，表情有點複雜。她小聲的對我說：「她真是個盡忠職守的好女孩，相比之下，侍劍覺得自己對老公你的要求似乎太低了點。」

「……拜、拜託不要，妳這樣我已經很吃不消了啊！」

「呵呵……」公孫靜點點頭，漾出難得的笑容。

⊕⊕⊕　　⊕⊕⊕

這段山路真的很不好走，而且藤原綾和藤原瞳姐妹倆的情緒也跟剛才不一樣，雖然道過歉，但很明顯還是有低氣壓籠罩在上面，所以感覺路程比剛才還遙遠。

不過，再難走的路，總是會有走完的時候。就在我腳痠到快要厚顏無恥的叫公孫靜揹我時，我們終於走完石階了。

然而，當我踏上最後一階，往不知道是在山頂還是半山腰的石板路上踩出第一步的時候，映入我眼簾的東西，完完全全、確確實實的把我嚇了一跳，也把我的疲憊、痠痛統統取代掉。

這的確是東亞最強、日本第一該有的格局、氣勢。

我原本以為會是一間隱藏在深山老林中，那種超級大間的日式傳統平房，就好像電影《夏日大作戰》裡的那間木造老宅，或者是什麼超誇張的神社建築之類的。就算都不是，有了【組織】辦公室的經驗，我也曾經天真的以為，他們會在山裡面搞一棟高樓大廈這種超詭異的建築出來。

結果事實證明，我把「東亞最強、日本第一」這八個字想得太淺了。

我看到了一座城堡。

那是一座石頭城堡，就好像日本時代劇裡會看到的傳統城堡一樣，就跟遊戲《鬼武者》裡織田信長的城堡一樣，一座純日式的、石頭建造的、氣勢非凡的城堡，就這麼聳立在那邊。光是這樣看著，我就覺得自己的膝蓋在發軟，會折服於它的威嚴而跪下。

它到底是怎麼瞞過Google maps的衛星建在這裡啊？地圖上找不到啊！

而且，現在再回頭想想藤原綾對自己的自稱，那還真的一點都不愧對「公主」兩個字。我都快因此原諒她有公主病了啊！

「姐夫、小靜，這就是我和姐姐的家。也是歷史最悠久、光榮、驕傲的【藤原結社】。」

藤原瞳注意到我對這座城堡的讚嘆，停下腳步回頭笑著向我們介紹：「不論如何，能夠在姐姐的邀請下來到這裡，對我們【藤原結社】來說，就是客人……剛才的路上有諸多無禮，實在是因為現在是非常時期，還請兩位見諒。」

藤原瞳的語氣裡充滿了對自己結社的自豪，可以感覺到她對這座城堡的驕傲。也難怪剛才藤原綾說出那些話的時候，藤原瞳會這麼不高興。

「小瞳。」

藤原瞳話才剛說完，走在最前面的藤原綾突然叫了她一聲，說：「妳先去通報守城的近衛家，叫他們把結界關閉一陣子。」

聽到要關閉結界，藤原瞳很緊張的說：「那、那怎麼可以啊！」

「妳可以不要去，然後想一下要是被那傢伙摸到結界，把這最後結界破壞掉之後，會發生什麼事情。」藤原綾笑著對藤原瞳說：「我猜，到時候就不是像剛才那樣，那麼好打發的問題了。」

藤原瞳想了想，點點頭，「嗯！」了一聲後，請我們在原地稍等，然後自己往城堡的方向跑去。

看到這一幕，我更佩服她了，因為我沒想到她可以在爬了那麼多階石階後，還有力氣用跑的。

「死小瞳，把我要說的話都搶去說了。」

藤原綾搖搖頭，走回我身邊，然後勾著我的手，說：「走吧，解除結界不用多久時間的。」

接著她轉頭，看著城堡，說了一句——

「我回來了。」

NO.004

我真的被你們這對祖孫打敗啊！

事情發展到這邊，我原本以為自己可以順利的在藤原綾說完「我回來了」之後，跟著一起進入城堡。

但代誌絕對不會是憨人所想的這麼單純直接。

沒錯，所謂一波會有三折，百貨公司週年慶七五折，就在我們準備要跟著藤原綾的腳步踏進城堡的時候，先遣部隊藤原瞳在此時傳來前線戰報，那就是——

太當家有令，在真正確認我和公孫靜是敵是友之前，我們兩人不准進城！

這個莫名其妙的命令一下來，藤原綾當然是非常的不爽。更讓她不爽的是，太當家以降的所有【藤原結社】高層，都要求藤原綾馬上進城解釋有關我這個「入贅老公」的事情！

然而，【藤原結社】最高指揮者太當家的命令並不是什麼人都可以違抗的！所以就算藤原綾再怎麼不高興，她也只能咬牙切齒的目送著藤原瞳送我們離去。

並且在離去前，她特地在我的耳邊吩咐，不准趁著她不在的時候跟公孫靜胡搞瞎搞，不然我就死定了！

因為這是社長命令！

⊕⊕⊕　⊕⊕⊕

雖然不讓我們進入城堡，但既然都已經上山了，他們也沒讓我們下山的意思。於是藤原瞳就帶著我和公孫靜往城堡旁邊的小徑走去，沒一下子，就來到了另外一個區域。

這裡是一整片的日式平房。之所以要說是一整片，就是他把這塊土地的樹木都鏟平，然後全部蓋成日式平房。我隨便粗略的掐指一算，竟然也有個十幾間。

藤原瞳表示，這裡是負責護衛他們【藤原結社】本家的幾個分家所居住的區域。由於現在正處於戰亂時期，那些分家並不能上山，所以這邊都是空房子。

藤原瞳帶領我們到其中一棟最大的平房，我們進去後，便要我們好好休息，她會再幫我們準備晚餐過來，然後就離開了。

這是一個很傳統的日式客廳：鋪著榻榻米、放一張矮茶几、用坐墊取代沙發，角落裡還有一臺液晶電視。雖然沒有沙發、椅子之類的雜物，會讓空間看起來很大，加上鋪著榻榻米，也會產生一種隨便一躺就可以休息的感覺，或者是想要坐下，也有坐墊能使用，彷彿是個很方便的客廳。

然而，實際一使用下來，就會發現這些異常難用。

因為坐著只能選擇盤腿或者跪坐，可是不管是哪種姿勢，其實都很費力，反而一點都沒有休息到的效果；躺在榻榻米上是很舒服，甚至還可以聞到一種榻榻米特有的淡淡香氣，但這樣看電視就不方便了。所以這客廳──應該是個人偏見，但我還是要反應──真的很中看不中用。

「老公，還要白飯嗎？」

公孫靜看我碗裡的白飯已經空了，就主動的詢問我是否要添飯。我點了點頭，把空碗交給她。

「再半碗就好。」我說著，還換一下坐著的姿勢，要不然腳真的會廢掉。手已經廢掉了，我不希望腳也廢掉啊！

「嗯。」

公孫靜一邊添飯，一邊注意到我一直再換姿勢，偶爾還附帶捶腿的動作，就問：「老公，腳很痠嗎？」

我點點頭，接過她添好的飯，說：「嗯……我才想問妳咧！妳今天扯的咧！揹著那一身肥肉，然後還要飛天遁地，打來打去，還要爬石階，現在還一直保持著跪坐的姿勢，妳腳都不會痠喔？」

提到那一身肥肉，公孫靜的表情有點黯然，不過因為她現在已經成功瘦身，把那一身肥肉卸下，恢復原本因自小練功而非常緊實、玲瓏有緻的身材了，所以也沒有心碎很久。

「不會。」公孫靜搖搖頭，說：「老公如果真的腳很痠，用完餐後，我幫你捏一捏好了。」

我愣了一下，腦子裡突然浮現了一個凶狠的女人、她凶狠的表情以及她撂下的狠話，就搖搖頭笑著說：「還、還是算了啦！等一下休息一下應該就好了啦！哈哈……」

吃完豐盛的晚餐後，我稍微休息一下，便決定要去洗澡。

這頓晚餐是藤原瞳親自送來的，菜色豐富就算了，還送了一鍋白飯，感覺真的很怕我們餓到啊！結果我吃得超撐的～

但就在我準備起身往房子後面的浴室走的時候，在廚房洗碗的公孫靜突然叫住我。

「老公～」

該死啊！自藤原瞳告辭離開後，公孫靜的聲音就溫柔到難以想像，更是老公長老公短的一直喊，實在有夠……嗚哇啊！

公孫靜放下碗，走到我面前說：「老公要去洗澡嗎？」

「呃……嗯啊！」我點點頭。想到藤原綾的威脅，我就覺得有些尷尬，總覺得公孫靜這麼溫柔，好像非常的詭異。

「那我去幫你準備換洗的衣服。剛才我有先到後面去看過了，這裡的浴池非常的棒！還是天然溫泉，一定可以好好紓解掉老公今天的疲勞！」

「是、是喔……那就麻煩妳啦！」

公孫靜說完，就像個小媳婦一樣的離開，讓我也稍微鬆了口氣。

其實仔細想想，我自己也想太多了！搞不好人家公孫靜根本沒有想到什麼奇怪又色色的地方，真是可惜……

我是說，總之別胡思亂想就是了。

走進浴室，我有點被嚇到了。

因為這根本不是浴室，已經是個半露天的小澡堂了啊！

結合山上自然的岩石、竹編圍籬、松樹樹幹而成的半天然屏障，可以讓人在泡澡賞月的同時，還能保有隱密的空間。由石塊砌成的不規則圓形大浴池，在公孫靜貼心的先放熱水的情況下，此刻已經放滿了帶著淡淡乳白色的天然溫泉，白煙裊裊，還製造出一種人間仙境的感覺，光是看著，就覺得已經有休息了的效果。

在入口旁邊有讓人放換洗衣物的衣櫃，同時也有玄關的功能，讓人不至於站在門口就可以把在裡面入浴的人全部看光光。於是我放心的把自己脫光光，迫不及待的跳進浴池裡享受熱水帶來的舒適。

「呼啊～～真爽啊～～」

我像個老頭一樣的趴在浴池邊的石頭上，閉著眼睛發出舒爽的呻吟。

你們用看的可能只會覺得我的形容把自己講得好像變態一樣，但是其實大家想像一下，一個整天下來身上負重超過十公斤，東奔西跑還上山下海，全身肌肉早就痠痛到連站都站不起來的情況，然後丟到一個充滿治癒感的溫泉中，你難道不會發出這種爽到爆炸的呻吟嗎？

而且，我在洗澡你們也要看，你們才變態吧？

「老公……呃，我衣服放在這裡喔？」

「嗯，謝啦！」

我閉著眼睛回應兼道謝，然後我就沒去理她，繼續爽我的。但我才爽大約十幾秒，我又聽到公孫靜在說話的聲音。

「老、老公啊！你有沒有先把身體洗乾淨再泡進去？」

「……哎唷，我快累死了……先泡一下再洗好不好？」

「不行啦！你快出來洗乾淨再進去，馬上！」

「妳管很多……等一下，妳怎麼知道我已經泡在裡面的？」

說到這裡，我才睜開眼睛，想知道公孫靜到底幹嘛還賴在這裡不走。結果不看還好，一看真的是嚇死人！

因因、因為公、公公、公孫靜她……

她竟然只抓著一條浴巾遮著自己，浴巾底下什麼都沒穿，站在我面前，很認真的看著我啊！

這一瞬間，時間好像靜止了一樣。

我趴在浴池邊，傻愣愣的看著公孫靜。公孫靜雙膝微曲，身體內縮，有點內八的方式，用手抓著浴巾遮著自己一絲不掛的身體，很認真的看著我。

然後她的臉就開始發紅、發燙，甚至我懷疑現在浴室裡的煙霧有不少都是從公孫靜的頭上噴出來的。

「我我我……我我……」

公孫靜突然也不知所措，好像被附身走到這裡脫光光才清醒過來一樣，紅著臉縮到一邊去，連看都不敢看我，說：「我我我……我我要來……來幫老公洗……洗身體……」

她說話的聲音越說越小聲，最後那「洗身體」三個字根本就像是蚊子在叫一樣，要不是因為這浴室沒有別的聲音，還真的聽不太到啊！

「不、不用了啦！我自己就可以洗了！妳、妳先出去啊！」

「是、是！」

聽到我這麼說，公孫靜趕緊抓著浴巾，快速的跑了出去。

我則是趴在原本的地方，心跳指數突破每秒一百五，緊張的大口喘氣。然而說到底，我還真不知道她到底要幹嘛啊！

為了怕公孫靜會很無聊的再度偷襲過來，所以我也顧不得什麼紓解身體痠痛了，先跳出浴池把自己洗乾淨，就換上乾淨的衣服離開浴室。

剛走出來，就看到公孫靜人在走廊上，背對著浴室蹲著，不知道在幹嘛——當然衣服已經穿回去了。

只是一想到剛才那一幕，我也不好意思了起來，抓抓頭說：「小、小靜啊……我、我洗好了喔……換、換妳去洗吧。」

「洗、洗好了？」

聽到我說洗好了，公孫靜馬上站了起來，驚訝中又帶點懊惱的說著。

我愣了一下，心想她好像怪怪的，趕緊點點頭想把話題打住，說：「是啊！妳、妳去洗吧！我……我先去客廳看電視了。」

公孫靜真的是一臉捶心肝扼腕的表情啊！

然後她滿臉無奈的點點頭，很快的恢復原本的面無表情——但還是紅著臉——點點頭說：「好……那我就去洗澡了……」

說完，公孫靜低著頭繞過我走進浴室。

我看著剛才那表情多變的公孫靜，心裡面真的開始認為她八成被什麼妖怪附身了。她的表情一下子變化這麼多，等一下在浴室洗澡的時候會不會洗一洗臉抽筋啊？

不過，換個角度一想，一個因為修煉軒轅心法過度而始終面無表情的冰山美女，在認識我之後，這一個月下來就能把失去的表情找回，那我還真是功德無量。

而且，這還不過是今天晚上一連串詭異事情的開始。

洗完澡之後，我一個人忐忑不安的躺在客廳看著看不懂的電視節目——因為都是說日語，又沒有中文字幕。

然後很快的，公孫靜也洗好澡，來到客廳。她感覺有些恍神恍神，跟我的眼神一對上，才像是驚醒一樣，說了聲「我、我去給老公泡茶！」後，便又快速離開。

好吧！既然她要泡茶那就泡吧！

說也神奇，這地方她老人家明明是第一次來，結果不但能弄出一整套茶具，就連茶葉和當作點心的煎餅也被她找到了。

我看她不但很適合當家庭主婦，搞不好更適合當小偷啊！

就在我喝茶休息的時候，公孫靜的詭異舉動又出現了。我注意到她拿著一塊煎餅，整個人非常緊張。

「小靜……妳噗啊！」

「老、老公！老婆餵你吃煎餅！」

我話還沒說完，公孫靜就像是下定決心一樣的，一邊喊著剛才那句對白，一邊用力的把手上的煎餅往我的嘴裡插進來！

公孫靜的怪力你們是知道的，這一下嗑得我門牙差點被嗑斷啊！就算是沒斷，我的牙齦也因此迸出血來，莫名其妙的又增加了傷口啊！

一看到我被她嗑得倒在一邊摀著嘴巴眼淚直流，公孫靜就慌得趕緊把凶器煎餅扔掉，要扶我起來。

扶起來之後，我就搖頭說我不想喝茶吃餅，想要睡覺了。

只見公孫靜臉上盡顯失望，小小聲的說了句「我知道了」，然後我就夾著尾巴逃之夭夭，迅速的往臥室移動。

這裡是個很傳統的日式住宅，就連臥室也不例外。這裡沒有所謂的「床」這個家具，就只是一個鋪著榻榻米的大通鋪，想睡覺還得自己去搬棉被過來、自己鋪成床，而棉被是和枕頭一起整齊的堆在角落。

如果這樣說明還是很難想像的話，大家可以去翻閱《哆啦A夢》，裡面葉大雄的大雄寶殿就是這樣的設計。

不過這裡大得多了，我看起碼可以容納六個人一起打地鋪。

大不大我也不管了，我是來睡覺，不是來這裡看房子當房屋仲介的。老實說，我真的有衝動想直接往榻榻米就躺下來睡他個不省人事，不過我還是乖乖的把棉被和枕頭搬過來，往地上攤平後才鑽進溫暖的被窩睡覺。

我才剛躺下，公孫靜就拉開紙門——對，就是那種紙糊的，用手指沾水就可以戳破的紙門——走了進來。

「老、老公……睡了？」

聽到她這樣有點猶豫不決的問句，我就小挫了一下。因為她今天晚上實在太怪異了啊！以前她不過就是個不苟言笑，跟我的聊天內容不是我練功進展如何，就是督促我快點練功的嚴格魔法老師，幹嘛沒事今天開始惡搞我啊！

於是我不打算理她，甚至還刻意的背對她睡著。因為我相信只要我繼續睡覺，她應該就沒戲可以唱，也不會有更多奇怪的事情發生。

可是我錯了。

「……那、那我也準備好了。」

公孫靜這句說得挺小聲的，但是因為這裡沒別人，山上也很安靜，加上我的聽力被軒轅心法加持過，所以我聽得很清楚。我還在想她是在準備好什麼，就先聽到她那邊傳來奇怪的聲音，接著又聽到她走路的聲音，然後是她搬著棉被走過來的聲音，最後就是她鑽進被窩裡，在我身邊躺下來的聲音。

然後，她在我耳邊小小小聲的說：「我要跟老公，成為真正的夫妻。」

我被她這句音量雖小，震撼卻超大的話嚇得又驚坐起來。而我這麼一驚坐起，公孫靜也跟著有了動作，不過不是把我撲倒然後剝光我的衣服最後開始○○××，而是……她全身僵硬，雙眼和嘴脣都緊緊閉著的躺著。

……**好像殭屍啊**……

公孫靜就這麼躺著，頂多偶爾偷偷睜開眼睛看一看我，發現我在看她，又馬上把眼睛閉起來繼續 COSPLAY 殭屍，完全看不出來她現在的舉動跟剛才說那句話的意思有什麼關聯。

《孫子兵法》有云：敵不動，我不動。

然而，當敵不動到變成殭屍的程度，我看我還是主動點好了。

於是我退出被窩，把我的床拉到一邊去，才躺下來繼續睡覺。

「……老公？」

「很晚了……早點睡吧。」

我面對公孫靜側躺下來，靜靜的觀察她，好在等一下她衝過來撲倒我的時候方便我逃走。然後公孫靜只是看著我發愣，接著就表情非常、非常的黯然，翻過身子，背對我躺著睡覺。

我看她沒有衝過來，算是鬆了口氣，就說了聲「晚安」，也翻身背對她躺著。

可是躺著躺著，我就聽到公孫靜那邊傳來哭泣的聲音。

那哭聲小小的，但是在這安靜的時刻，還是聽得非常清楚，非常擾人睡覺。而且我對女孩子哭實在沒轍，就搖搖頭嘆了口氣，轉身看著公孫靜的背影，問：「……到底怎麼了啊？」

公孫靜似乎以為我早就睡死了，所以我一問她問題，她還先挫了一下，才趕快用棉被抹抹臉頰，轉過來對我說：「沒、沒有呀……」

「少來了啦……」我坐了起來，抓抓頭說：「妳今天，不對，應該說從晚上我們踏進這房子開始，妳整個人就都怪怪的，一定有問題，說啦！」

公孫靜愣了一下，又縮進被窩裡，用棉被遮著頭，在被窩裡面說：「沒、沒有！侍劍、我、我一直都是這樣的！」

「那剛才又為什麼要哭？」

這個簡單的問題，就讓公孫靜說不出話來。

但她依舊躲在棉被裡面，不肯出來。我搖搖頭，決定打出大絕招，就是↓↘→↘↓↙←＋AC的大絕招——扳起臉孔、壓低嗓音，說：「出來，說清楚，還是說妳已經不聽我的話了呢？」

這MAX大絕招果然夠勁！一次就把公孫靜的血條打到閃紅燈！逼她不能龜在棉被裡，只能出來面對我。

就看她慢慢的把棉被掀開，然後也跟我一樣坐了起來，一臉委屈的看著我說：「老公……繼承者大人說的話，侍劍當然會聽了。」

「那，妳今天晚上到底在幹嘛，總可以說清楚了吧？」

公孫靜一臉為難的看著我，嘴巴開開閉閉了好半天，一直欲言又止。最後終於在她下巴快要脫臼的時候，低頭，小小聲的說：「我……是……是奶奶說的……」

突然迸出一個我壓根沒想過的詭異答案，讓我意外的也迸出了一聲：「嘎？」

公孫靜在說出這個理由之後，好像因為最羞恥的部分已經講了，其他講了也沒差了一樣，說了一大堆出來。

「我……我知道今天晚上是很難得的機會……可以跟老公兩個人一起過夜……沒有社長和太妍姐的干擾……我也想跟老公更進一步……所、所以……就趁著老公不注意的時候……用、用傳心術跟人在【天地之間】的奶奶求救……」

公孫靜說這些話的時候，手一直遮著臉，也完全不敢看我，甚至還結巴了起來。感覺就是超害羞超緊張的。也因為她結巴太嚴重，會有人誤會導演想要用「……」來混字數，所以後面我就直接轉述給大家聽。

公孫靜跟她奶奶說從我們相遇以來，雖然我對她一直都很好，但由於我身邊一直有其他女生纏著我，所以我們之間的夫妻感情一直沒有增長——當然，聽到這邊，她奶奶有暴走說要從【天地之間】殺過來跟我算帳。

所以，有今天這個好機會，她奶奶就告訴她得好好把握，趁今天把生米煮成熟飯之類的……於是，在我洗澡的時候，公孫靜就衝進來說要幫我服務；在喝茶的時候，公孫靜就僵硬的想要餵我吃點心；還有在晚上睡覺的時候，主動跑到我身邊躺下，在我耳邊說那些話。

「前面幾個我都還可以理解……為啥最後妳就是一直躺著都不動啊？」

「……奶奶說，我只要這樣跟老公你講，你就會知道要怎麼做了。」

聽到這裡我真的已經快要笑出來了，想到公孫靜屢戰屢敗又一直再接再厲，還有那個搞笑的軍師奶奶，我突然有種拿這對祖孫——其實也只有公孫靜在這裡，她奶奶現在還在【天地之間】——沒有辦法的感覺。

我搖搖頭，輕笑了一聲，問了最後一個問題。

「那……妳哭什麼？」

「因為我太笨了。」

公孫靜把遮著自己臉的手放下，但還是低著頭。不過語氣已經轉換了，從剛才的害羞、不好意思，轉成懊惱和不甘。

「因為……因為我太笨手笨腳……什麼都不會……所以就一直搞砸。眼看今天就要結束了……我就覺得很難過……又因為老公真的很累很累……所以……所以才會這樣……」

聽完公孫靜的解釋，我笑了笑，說：「笨蛋……幹嘛特別跑去問妳奶奶一些有的沒有的啊？搞得今天整個就覺得怪怪的啊！平常那樣不是很好嗎？」

「……一點也不好。」

我本來以為這個話題會在我說出我的結論後，公孫靜就會點點頭表示明白，並且保證以後不會再搞怪的情況下結束。沒想到一向很少表達自己意見的公孫靜，竟然會在這時候說出自己的感覺。

「平常的時候……老公你一直都沒有把我放在心裡面。你的眼中只有社長和太妍姐……明明、明明我們才是夫妻，可是……可是平常的時候，我總覺得……我才是多餘的那個人……一點都不好……」

公孫靜說著，竟然還真的哭了出來，邊哭邊說：「我覺得我再不做點什麼……老公就真的會被別人搶走了……所以、所以才會問奶奶……請她教我該怎麼做……但是因為我自己太笨了……一直都失敗……嗚……」

說到這裡，她就不說了，專心哭她的。

對於女孩子哭哭，我一直都一點辦法都沒有，會直接舉白旗投降然後示弱表示妳獲勝這樣。於是我也想要說點什麼來安慰公孫靜，然而，我卻不知道該跟她說什麼才好。

平常我和公孫靜的確沒什麼交談，就連幾乎每天固定上演的練功時刻，也跟上下班一樣，毫無反應，就只是在練功。加上她又一直面無表情，對我又很嚴厲，所以久了我還真的有點不太會主動找她搭話，因為好像講沒兩句就會被她唸去練功了一樣。

甚至要不是今天她這麼明白的跟我說，我幾乎快要忘記我和她的關係不只是單純的「侍劍VS軒轅劍繼承者」，我們根本就是【天地之間】掛保證的「夫妻」。

我真的快忘記了！

連她平常私下叫我老公，我也把「老公」當作是朋友之間的暱稱，就好像我都叫宅月為「宅月」一樣，因為我根本也忘記他叫啥名字了。

即使不知道要說什麼，好像還是得說點什麼才好啊！不然她一直哭下去，今天晚上我就不用睡了啊！

所以……老規矩，先道歉就對了！

「對、對不起啦！都是我不好啦！妳先別哭了行不行？」

聽到我道歉，公孫靜果然止住哭聲，抬頭看著我。

我趕緊移動位置到她身邊，說：「我……好、好啦！我以後會多關心妳一點……多跟妳聊聊天幹嘛的，不會只有找妳練功而已，可以了嗎？」

「……真的？」

「當、當然是真的啊！」我笑著說：「真的啦……妳一個人大老遠從【天地之間】跑到人生地不熟的臺灣也是我害的嘛……是、是我不好啦！都沒注意到妳其實過得也不太好之類的……反、反正，以後我不會跟以前一樣了啦！真的，嗯！」

其實我已經不知道我在說什麼了，但公孫靜卻能因此破涕為笑，我也覺得我好像說得很有道理一樣。

終於，在於安撫好公孫靜後，我們才總算可以睡覺了。

但是她似乎還不打算這麼簡單的放過我。

「……老公，那我可以過去睡在你身邊嗎？」

「……呃……」

「……嗚……」

「好好好，妳等一下，我馬上搬過去躺在妳旁邊！妳別動，等我啊！」

於是，最後還是被她得逞，兩個人躺在一起入眠。

但我真的沒有做什麼壞事啊！因為我真的累到才一躺下來就睡熟了啊啊啊啊啊！

⊕⊕⊕　　⊕⊕⊕

隔天早上我醒來的時候，被窩裡並沒有公孫靜的身影。

公孫靜她一向都很早起，但她今天沒有順便把我叫醒，真的是謝天謝地。也幸好昨天晚上這一覺睡得夠深沉，此刻我覺得身體的疲勞恢復了不少。不過我的腿還是鐵了，而且肩膀也還是廢的，不像 RPG 遊戲那樣，去旅館睡一個晚上連死人都會復活。

由於我很懶，所以我也沒收拾房間，就直接走出去，想到客廳看電視來打發時間。雖然看不懂那些電視節目，但總比發呆一上午的好。

當我走進客廳，便看到公孫靜在一旁的廚房忙裡忙外的，感覺就跟平常在我家早上會看到的畫面一樣。但不一樣的是，她的服裝換了。

換成一套粉色帶白色印花的和服。

「呃……妳怎麼會有這套衣服啊？」

「嗯？」

聽到我的問題，公孫靜才停下動作，轉身看著我答道：「喔，這是剛才小瞳送來的。她說在城堡裡面規矩很多，最基本就是要換成這樣的穿著，所以先把衣服和早餐一起送來。等我們吃飽也換裝完畢，她就會過來帶我們進城了。」

我愣了一下，才點點頭，沒說什麼表示知道了，接著我倒了杯水，坐著邊喝邊休息。

嗯……假設真的是住在傳統日式城堡，那衣服只能穿華麗的和服，好像也挺符合某種印象的不是？

而且不得不說……公孫靜穿和服，感覺真好看啊！

「老公~你在客廳等我一下，我正在熱早餐，很快就好了。」公孫靜一邊忙，一邊對我說：「小瞳也有把你的衣服送來，吃過飯我再幫你換。」

「噗！」

聽到這句話，我喝水喝到一半馬上被嗆到，然後噴了出來。我胡亂的擦著嘴，緊張的對公孫靜說：「不、不用了啦！換個衣服什麼的，我自己來就好了啦！」

「老公你確定你自己一個人可以穿得好這種衣服嗎？」公孫靜笑著問。

「呃這……雖、雖然可能比較複雜，不、不過我應該 OK 的啦！」

公孫靜端著盛著早餐的餐盤從廚房裡走了出來，走到我身邊坐下，將餐盤放在桌子上後，再一一端出菜肴。

「還是讓我來幫忙老公你吧……經過昨天那一夜，我們已經有了夫妻之實，就不要推脫了。」

「不是推脫啦，只是……嘎？」

我正想繼續找理由說服她不要幫我換衣服，突然發現她剛才說的話好像怪怪的。

「妳……妳什麼意思啊？」

我現在真的緊張了起來啊！要是昨天晚上我真的跟她怎樣了，然後我又什麼都不知道，那不就虧大了……不是啦，我的意思是說，要是我真的有跟她怎樣了，那……那到底算什麼情況啊？

總之，我很緊張且謹慎的問她：「該不會……昨天晚上我有對妳做什麼……」

公孫靜雙頰一熱，害羞的低頭。

看這反應我就覺得完了，結果她卻搖搖頭，反而搞得我一頭霧水。

「老、老公你昨天……一下子就睡著了，還打呼，似乎真的很累。」

聽到公孫靜掛保證我沒對她幹什麼，我稍微安心了一點。但她還是保持雙頰緋紅、滿臉害羞的狀態，我又不安的追問：「難道……是妳對我做了什麼？」

這問題一問，公孫靜就炸了，整個臉紅得跟熟透的番茄一樣，好像戳一下就會爛掉似的，甚至頭頂還噴出煙來。

一看到她的反應，我內心也跟著大驚了！想不到我死守二十年的純潔，竟然會在我沒有意識的情況之下，莫名其妙的失身了？我突然有點想哭啊！因為我什麼都沒享受到就毀了，真是太過分了啊啊啊啊啊！

「我……有偷偷的親了老公的嘴一下。」

公孫靜超害臊的說出這羞恥的真相，就把臉別過去，羞得不敢再看我了。

至於我，雖然無故被人親了一下，照理說應該也要跟著臉紅害羞，但因為我其實沒印象——根本睡死——而且也不是第一次跟公孫靜親嘴，加上發現原來只是被偷親一下而非真的被強……所以倒是還好，反而有種鬆了口氣的感覺。

只是……這是哪門子的夫妻之實啊！妳幹嘛這樣講，害我和電視機前的觀眾朋友一樣誤會啊？

於是我把我的問題提出，結果公孫靜的回答也很讓我相信她果然非常純真浪漫。因為她娘就是跟她講，只有真正的夫妻才可以一起睡在一張床上，而且這理論還有來自她奶奶的背書。

「奶、奶奶她早上有用傳心術來關心我們的情況……」

公孫靜低著頭，害羞的說：「奶奶問我們睡過了沒有……我說有……還說老公你因為昨天很累……所以還在睡……奶奶好高興，叫我們多睡幾次，她想早點抱曾孫。」

睡妳個頭啊！妳和你奶奶的「睡」根本不同定義啊！

當然，我沒這樣吐槽，也沒打算真的跟她說明什麼叫做「夫妻之實」，以免哪天她真的把我給╳了。

公孫靜說完，就先添了一碗白飯遞給我，說：「人家好高興呢……現在我們就只差正式拜堂……唉唷～先、先吃早飯，不然冷了我還要重熱呢！」

「吃、吃飯啊……嗯……」

我已經不知道要說什麼才好了，就把飯接過，吃飯要緊。

公孫靜說這早餐是藤原瞳送來的，果然也很相襯這裡的傳統日式風格，送來的是日式早餐，什麼白飯、煎魚、醬菜、豆腐、蒟蒻和味噌湯，非常豐富，調味雖然清淡，但早餐吃這樣子也是非常剛好。

吃過早餐，公孫靜要我稍候，她先收拾好客廳就會來幫我更衣。

想當然我是不可能乖乖的讓她來幫我換衣服啊！於是趁著她在收拾客廳的時候，我趕緊抱著放在旁邊的深褐色和服衝回臥室，想要靠自己的力量把這衣服穿好。

只是公孫靜的速度有夠快，我還在研究到底應該要怎麼穿，她就猴急的衝進臥室要來幫我換裝了。

是有沒有這麼想要幫我換衣服啊！

不過，因為我自己穿和服實在有點困難，所以只好妥協，讓公孫靜幫忙我換穿和服，以免到時候穿錯了又要被人恥笑，尤其是那個姓藤原的……啊不對，這裡似乎每個人都姓藤原。

「小瞳送衣服過來的時候還嚇了一跳，說我怎麼瘦得這麼快。」

一邊幫我換衣服，公孫靜趁機閒聊起來。

也許是她腦子裡真的已經把我跟她當作有「夫妻之實」的狀態了，說起話來感覺比較輪轉一些。

「其實我才嚇了一跳！在離開【天地之間】之前，族人們還特地研究外面世界的穿著，其實我一點也不喜歡那些衣服……看起來都一個樣，只是穿著挺舒服的，而且老公說我穿了也好看，便將就著穿。」

「唔……其實妳穿啥都好看啦……不過妳嚇一跳什麼？」

「就是……我真的以為我再也沒機會穿這種漂亮衣服了。」

公孫靜淺淺笑著，說：「想不到在這裡，這個大家都說些我聽不懂的話的國家，竟然還會有類似的衣服。雖然比起【天地之間】的服裝厚重得多，但……我還是比較喜歡這種穿著。」

「喔……那倒是。」我點點頭，說：「我之前上網看，聽說日本的和服是以前唐朝的時候從中國傳過來改良的，然後一直保存到現代。所以老實講，跟清朝的旗袍相比，搞不好和服還比較接近我們漢人的傳統服飾……呃，妳幹嘛？」

公孫靜用一種怪異的眼神看著我，我看不出來她想傳遞什麼訊息，幸好她很快就說了以免我猜錯。

她說：「……老公，你懂的真多。」

「呃……好、好歹也是大學生啊！沒有博覽群書，很難考上大學的。」

公孫靜滿足的笑著，幫我把腰帶繫好後，就擁抱著我，將頭靠在我胸口說：「讀書好呀！剛認識老公的時候，我就不認為老公是個勇猛的戰士，應該是個讀書人。剛才聽老公這麼一解釋，還能結合歷史與文化，真的讓我很佩服呢！」

我只是隨便嘴炮一下妳就滿足成這樣，妳真的很好拐啊！

不過，不管她好不好拐，老實說，我從小到大並不算是很會唸書，最後不上不下的混了個東海的數學系唸唸，倒還沒被人在這方面稱讚過。現在公孫靜這麼一誇，我還是滿高興的。

這話匣子一開，就停不下來，天南地北的亂聊。就算我的知識、常識都是來自別人口述、網路轉載和書本記錄，但是對這世界基本上還是一無所知的公孫靜來說，真的很能將她唬得一愣一愣的，整個人對我崇拜得只差沒五體投地拜我而已了。

而我也才發現，原來公孫靜……

真的還挺不錯的，嗯，就這樣。

然後，藤原瞳就來打擾我們的聊天，說要領著我們進城。於是我們把這房子稍微整理過，然後對公孫靜再三吩咐，千萬不可以在別人面前說我們已經有什麼夫妻之實或者腎結石之類的。吩咐好之後，我們才一起跟在藤原瞳身後，比肩走向那座城堡。

也就是【藤原結社】的大本營。

在正式踏入【藤原結社】之前，先跟各位簡單介紹一下這個結社的歷史。

在很久很久以前，日本其實沒有所謂的神道這個宗教名詞，人們只是很單純的自然崇拜，敬畏天地、相信祖先與萬物的靈魂。之後，從西方傳入的佛教，在日本當地造成了一股衝擊，為了不讓日本人忘了本身的信仰和驕傲，神道教的說法就在當時的歷史背景下成立了。

不過，雖然歷史上是這樣講，但實際上演變到今日，其實大部分的日本人都是混著信仰的，會去神社參拜，也會去佛寺上香，真正有把兩者分很開的，除了信仰狂熱者、宗教從事人員外，就只有魔法師了。

【藤原結社】就是在當時歷史上崛起的大結社之一，但是他們能一直強盛到現在，跟日本的皇家制度有關。

雖然藤原家的人沒有當過天皇，但在那段時間先後出了兩個皇后。所謂一人得道，雞犬升天，因此在皇家認證的情況之下，【藤原結社】就成為當時唯一可以祭祀皇室祖先、天皇和神道主神・天照大神的神宮，甚至還因此擁有自己的領地和屬城，正式成為日本第一的神道結社。

就算是到了現在，這日本第一的地位，在魔法圈還是無人可敵。

只不過，因為科學力量的崛起，以及現代人對信仰的追求不像古早時代來的瘋狂，所以【藤原結社】在日本政治上的地位漸漸下滑，最後乾脆斷個一乾二淨，全族隱居在深山老林內，專注在魔法的研究上。

前面提過，由於過往的光榮還有與皇室的密切關係，【藤原結社】擁有自己的領地和城堡。因此藤原家族的血統也在跟許多外來的家族通婚後，有了分歧。到了現在，只有藤原本家的人，才可以居住在城堡裡面；雖然也是有本家的人住在山下的城下鎮，但大部分住在城外的人都是藤原氏的分家。

附帶一提，昨天我和公孫靜睡覺的那地方，就是給近衛家和另外一個分家——一条家的人使用的，以便這兩家就近保護、協助本家，有點類似消防局的意思。

當然，這些小知識並不是我本來就很清楚的，雖然藤原綾有稍微跟我提過，但是我聽過就忘記了。這些小知識是很盡地主之誼的藤原瞳，在路上像個稱職的導遊不斷介紹給我聽的。

⊕⊕⊕　　⊕⊕⊕

「姐夫、小靜，你們在這裡稍等一下。」

走到城堡外面，大約是昨天剛來到這裡時可以看著城堡感受氣勢的位置，藤原瞳要我們稍等一下，笑著說她要先去請近衛家的人把結界開個可以讓我們穿過的門，以免被我破壞掉。

只是通報一下，並不花多少時間。加上藤原瞳似乎是個很注重所謂「待客之道」的人，所以她是咚咚咚的跑過去又咚咚咚的跑回來，這時間又花得更少了。

總之，在幾乎快耗掉一整天的時間之後，我和公孫靜終於得以進入這座城堡，一窺這「日本第一、東亞最強」的盧山真面目。

走過只剩下壕溝的護城河上的木板橋，通過了厚重的大城門，發現裡面還有一個小城門。負責看守城門的人，穿的是墨綠色武道服。根據藤原瞳的介紹，這些守城的人統統都是分家．一条家的人。跟負責結界的近衛家相比，一条家的人與藤原家的人關係更為密切，甚至每個藤原家的人都還配備一個貼身護衛，保護其安危。

當然，藤原綾這結社公主，自然也不例外。

因為城內不能攜帶武器，怕破壞了皇城之內的和氣，所以我們必須把軒轅劍和夏禹劍都先寄放在這裡，守衛才會開門讓我們通過。

通過小城門，我們來到一片很大的日式庭院。花園、假山、小橋流水、小涼亭、竹籬笆、松樹等日式庭院造景會用到的元素，應有盡有。

然而，跟一般日式庭院不同的地方，就是這裡有兩、三個巫女……在掃地。

其中一個巫女一看到我們，就對著藤原瞳嘰哩呱啦的說著日語。藤原瞳則是先鞠躬，然後用日語嘰哩呱啦的回應，之後才回頭向我們說明介紹。

這些巫女全部都是藤原家的女孩，也就是她的堂姐妹們，不要懷疑，藤原家的人口就是這麼多。至於掃地，則是一個巫女一天工作的開始，而這裡占地遼闊，多幾個人一起掃，會比較快點。

「剛才紀香姐姐要我快點去幫忙，所以待會帶姐夫進城交給姐姐後，我可能就沒辦法繼續陪著你們了，還請兩位見諒。」藤原瞳很有禮貌的說著。

「啊！已經很感激妳了！真的。」

同樣的日式庭院，竟然有三個！就是「日式庭院→城牆→城門→日式庭院」的規則，輪迴三次。

這除了是因為占地真的很遼闊，不知道要塞什麼東西只好一直種樹種花養魚以外，其實也是有戰略用途。目的就是在拖延敵人破城的速度，甚至可以利用這樣的設計來要個甕中捉鱉、將敵人一網打盡。

不過，因為這座城從建好到現在已經有千年歷史，不要說是打進來了，就連那層結界也是被我弄破才有了第一次的經驗。因此，這裡的戰略用途目前一點都看不出來，倒是花草樹木照顧的很漂亮就是了。

「妳家這麼大，掃起來一定很辛苦吧？」

一路上都是聽藤原瞳在介紹，我想找點話題回應以免太乾，於是問了這麼一個問題。

藤原瞳笑了笑，說：「呵呵……當然辛苦啊！可是這就是我們巫女的修行以及工作，是分內的事情和責任，辛苦也沒什麼好抱怨的。因為現在是非常時刻，分家除了原本就在山上的近衛和一条家不准下山，其他的分家也都不准上山，所以才會只有我們藤原家的姐妹在負責。要不然，其實還有三条、四条和九条的姐妹們會輪流的。」

「妳們家到底有多少分家啊！」

「很多，所以也不一一向姐夫介紹了，請見諒。不過，雖然分家很多，但真正還有在使用、學習魔法的人，也僅剩近衛、一条、三条、四条和九条家了。」

我點點頭，裝出一副聽懂了的模樣，其實我只是敷衍而已，因為我對這些也沒啥興趣。也幸好藤原瞳沒真的要一一介紹，不然我很怕她會講到下午，因為感覺分家人數很龐大的樣子。

家的嗎？不過，剛來這裡的時候我有看到一個要去買醬油的女孩，可以請問一下她是哪個分

穿過三個庭院，我們在最後一個城門前停了下來。這裡就是城堡的正門了，遠遠的看就感覺氣勢非凡，如今走近一看，更是非常有壓迫感。從門上，隱約可以感覺到歷史的塵埃和光榮。

「姐夫、小靜，我們到了！」

藤原瞳說完，邁開步伐繼續往前走去。我和公孫靜對看一眼，也趕緊跟上。

我們跟著藤原瞳走進城堡內部，首先看到的是一個很大型的玄關。把鞋子脫下放好後，我們沿著木製的長廊一直往前走。

藤原瞳的意思就是要早點帶我們去藤原綾身邊，把我們丟給藤原綾之後，她才可以趕快去完成巫女的使命——掃地或者下山去守護這座城堡。然而，我們才剛轉進第一個轉角，看到第一座樓梯的時候，突然有人用日語叫住我們。

回頭一看，是個穿著黑色和服的中年大叔，笑容滿面的對著我們打招呼。一看到這人，藤原瞳也立刻鞠躬回禮，接著才向我們做介紹。

「姐夫、小靜，這位是龍也舅舅。」藤原瞳向我們用中文介紹完之後，才回頭用日語向那位龍也舅舅介紹了我和公孫靜。

不過，不是我在講……導演，剛才那個姐姐叫紀香就算了，現在這個大叔叫龍也，你確定不會侵害人家的姓名使用權嗎？

龍也舅舅聽了藤原瞳的介紹後，顯得對我們非常有興趣，笑著繞過藤原瞳走到我身邊，很親切的直接勾著我的肩膀，笑著用日語講一大堆。

我當然聽不懂，不過藤原瞳的口譯來得很快。

「舅舅說昨天聽到家裡的公主殿下竟然已經在臺灣招了駙馬入我們家門，就一直對姐夫你很有興趣，要不是因為最近不太平靜，昨夜本來就想要去找姐夫聊天。能在這裡巧遇，實在是非常高興。而且現在一看，果然是人才一表，難怪姐姐會傾心。」

「呃，他有說這麼多喔？」我苦笑著反問，因為我總覺得她舅舅就是一直笑，沒有講很多話啊！

而且妳的成語一直說錯是在故意賣萌是不是啊妳？

「呃嗯……翻譯也是會有失真的時候嘛！」

龍也舅舅熱情的纏著我們一段時間之後，才肯放開我、讓我們離開。

雖然莫名其妙被個中年大叔勾肩搭背的裝熟讓我覺得有點怪怪的，但的確可以感受到藤原家的待客之道。

上了樓梯，來到二樓。

這裡同樣也是長長的木製走廊，但兩旁卻多了很多紙門。這些紙門跟昨天的那種不同，這種是上面還有精緻日式圖畫的華麗拉門，看起來等級就高檔很多。

藤原瞳領著我們繼續前進，說明藤原綾人在三樓等待我們。

才剛走沒多久，前面左邊的某扇拉門突然拉開，一個穿著亮橘色和服的阿姨走了出來。一看到這位阿姨，藤原瞳馬上主動的彎腰鞠躬問好，倒是那阿姨的臉色不大好看，點點頭表示回禮後，就打算要繞過我們離開這裡。

不過她走到一半，注意到我和公孫靜之後，就指著我們用日語問藤原瞳問題。藤原瞳則是趕緊笑著向她介紹。只是講完之後，那阿姨不屑的看著我，悶哼一聲後轉身就走了。

那阿姨其實長得滿漂亮的，也很有氣質，但是一看到我就好像我欠她幾百萬沒還一樣的表情，還是讓我挺肚爛的。

我問藤原瞳：「欸欸……那阿姨是誰啊？」

「她是智惠子阿姨，是媽媽的姐姐。」藤原瞳依舊保持笑容，說：「她跟媽媽其實關係不太好……這個有點複雜，也不方便跟姐夫你們講，總之，姐夫只需要知道她不會給你好臉色看就夠了。」

「這樣啊……那妳下次帶路的時候麻煩繞過她好不好？」

「嘻……繞過阿姨一個，不喜歡姐夫的人大有人在，待會姐姐的房間裡面還有一個。」

「嘎？」

藤原瞳沒有回答我的問題，直接轉身走了。我則是一頭霧水的跟著她走。

搞什麼啊？我才第一天來耶！就算把昨天晚上也加進來，我在這裡停留的時間還不到二十四小時，馬上就有人看我不順眼？而且還不只一個？其中一個還埋伏在藤原綾房間裡面？我靠！妳這什麼家庭啊！

走上三樓，這裡的情況和二樓幾乎一模一樣，也是一條長廊加上左右兩邊都有的華麗紙拉門。

走到其中一扇拉門前，藤原瞳輕敲門上木頭的部分，輕聲細語的向房間內說：「姐姐大人，小瞳將姐夫及小靜都帶到了，請問是否請兩位進入？」

「進來吧。」

藤原綾的聲音從房間內傳了出來，感覺非常的優雅，跟平常那種咄咄逼人的語氣完全不同。

聽了藤原綾的允許，藤原瞳將拉門輕輕的拉開，向我們表示從現在開始就是我們自己的戰鬥了，然後鞠躬行禮、走掉了。

站在門外就看到藤原綾穿著大紅色帶印花的鮮豔和服，頭髮梳成傳統髮髻，背對著我們面壁跪坐。其實我也不確定那人是藤原綾，因為弄成這樣我還真認不出來，所以我想走進去確認一下那是不是我們家社長。沒想到才剛走進去，馬上就有人從我旁邊偷襲過來！

「哎呀！」

我會發出叫聲其實不是我被偷襲成功了，而是我身後的公孫靜發現有人想偷襲，先一掌把我往前推開，我嚇了一跳才叫了出來。

回頭一看，就看到一個穿著墨綠色武道服的年輕男人，跟穿著粉色和服的公孫靜打了起來！這背景、這造型，看起來還真的會讓人誤會是在看日本時代劇的現場演出啊！

然而，兩人打沒兩下，我身後的藤原綾就用日語制止了打鬥。

那墨綠色武道服男一聽到藤原綾說話，馬上棄戰，跳回藤原綾身邊單膝下跪，恭敬的等候公主殿下的下個命令。

……現在是在演哪一齣？我已經快搞不懂了。

「親愛的老公大人，你終於來了呀～」

藤原綾的聲音依舊優雅，就連用詞似乎都溫和了點。她邊說邊站了起來，然後回頭笑咪咪的看著我，說：「剛才只是一點小誤會，誠他是我的貼身護衛，太過盡責，還請老公大人見諒。」

不知道為啥……聽了藤原綾的說明後，我反而有種強烈的感覺，剛才那個貼身護衛會攻擊我，絕對是藤原綾吩咐的啊！

藤原綾對那一直跪著的貼身護衛嘰哩咕嚕的說了一堆日語，那傢伙就站了起來，充滿敵意的瞪了我一眼後，才向我鞠躬道歉，然後快速的離開房間。

等那傢伙離開房間後，藤原綾立刻對公孫靜說：「小靜，偷看一下那人走遠沒有。」

公孫靜走出房間左看右看，然後走回來點頭表示那傢伙已經走掉了，藤原綾叫公孫靜把門拉好，接著就很隨便的往地上躺下來，發出耍賴的叫聲。

「吼……累死了累死了！一回家就要遵守什麼公主的禮節，完全不管我昨天有多累！吼！死陳佐維還給我那麼晚才來！害我一個人在這裡跪到腳都快斷了！王八蛋！」

因為藤原綾前後反差實在太大，我整個人愣住，直到聽到那熟悉的王八蛋，我才確認眼前這傢伙的確是藤原綾，才趕緊跑到她身邊坐下來看看。

藤原綾穿的和服比公孫靜身上的華麗超過兩百倍，光看就知道一個是公主、一個是普通人，甚至連剛才那個阿姨穿的也不能和藤原綾相比。而為了相稱這麼一套華麗的和服，藤原綾化了厚妝，感覺笑一下臉會裂開的厚妝，還把頭髮梳成髮髻，整個人看起來真的超日本的……所謂超日本的就是超日本的，我也不知道該怎麼形容。

不過……難怪這傢伙會要公孫靜趕快把門關上，要不然藤原家的人看到這世界第一的公主殿下此刻的樣子，大概每個人都會搖頭嘆氣吧！

藤原綾在榻榻米上耍賴了一陣子，才坐了起來。把公孫靜叫過來之後，她說：「我還沒見到媽媽。」

「咦？那妳昨天在這裡幹嘛啊？」我問。

「不要問。」

藤原綾白了我一眼，但感覺應該不會是啥好事就是了。

她嘆了口氣，搖搖頭說：「我大概知道媽媽在哪裡，不過媽媽說要等你來才要見我們，所以我才一直到現在都還沒有看到媽媽。」

「呃……美惠子阿姨想要看我？為啥啊？」

「大概是因為想要當面跟你說清楚有關軒轅劍的事情吧。我自己也不知道。」藤原綾聳聳肩，說：「只是……我不想再多待在這裡了，好累的地方！我們現在就去找媽媽，事情問清楚之後，趕快離開這裡，再想辦法向【組織】說明吧！」

「嗯！」

說完，藤原綾拉著我站了起來，領著我們離開房間，往美惠子阿姨所在的地方前進。

NO.005

一切的真相，終於解開了！

現在是中午時分，我感覺非常難熬。

不是因為大中午的還得被人綁在廣場日曬……但我相信這個痛苦程度與其相比是有過之而無不及。

其實，我現在正舒舒服服的坐在城堡的天守閣裡吃午餐。

此處是城堡最高層的大廳，以前打仗的時候將軍都會在這裡與人開會，現在變成藤原家的餐廳。

就算是在這種全世界魔法師搞不好有八成都在山腳搖旗吶喊抗議司法不公的情況，藤原家的餐桌上還是可以大魚大肉大雞大鴨，就連蔥也是大的！簡直可以用山珍海味、滿漢全席來形容。

位於最高階的天守閣，從窗外看出去還可以鳥瞰整個藤原城下鎮的街景，遠望京都市的市容，風景很好。

因為錢太多不知道怎麼花，所以藤原家在城堡裡加裝了恆溫空調，也讓室溫維持在舒爽宜人的攝氏二十五度，照理說是很舒服的。

可是我卻非常痛苦。

相信我只要再多加幾個句子，你們也可以體會我的痛苦的百分之一了。

「&#$%$&。（日語）」

「@#$%%$#。（日語）」

「*&%$@&。（日語）」

你們懂了嗎？

你們懂了沒？

你們懂了吧！

這輩子活到現在夯不啷噹二十個年頭過去，我第一次覺得自己變成主角啊！餐桌上不分男女老少，不管是旗派還是團派——我的意思是說，不管是喜歡我的、還是討厭我的——都圍著我嘰哩呱啦嘰哩呱啦的喋喋不休，用我完全聽不懂的日語問我問題，或者對我做出評論。

這種情況我長這麼大真的是第一次見識到啊！

我完全不知道該怎麼面對，只能一直用眼神向我身邊的藤原綾求援。不過藤原綾不知道是自己也很忙還是根本不想拯救我，就看她一直跟她自己的親戚用日語閒聊，完全沒有想幫忙我解釋的意思。

會變成這樣的情況，其實我應該要料到。

不過，就算是有料到，我還是沒做好準備……

幾分鐘之前，原本我們是要直接去找美惠子阿姨，找她問清楚到底事情是怎樣，我們才好幫她想辦法來解決這次的問題。

不過，當我們才剛從公主房間走出來，那個看我很不順眼的藤原綾貼身護衛就走上前來攔住了我們。然後，不管藤原綾怎麼用日語譙他，那貼身護衛就是不為所動，完全沒打算讓我們通過的意思，於是我們也只好摸摸鼻子，回到公主房間發呆。

因為在發呆的時候有點悶，所以原本藤原綾叫我不要問太多昨天晚上她在這裡幹嘛的事，她還是自己說出來了。

其實也沒啥，主要就是因為她放棄神道、改修陰陽道的事情，以及竟然還在臺灣找個名不見經傳的小魔法師——也就是我——結了婚，因此整個晚上罵她、唸她的聲音可以說是源源不絕。

因為要跟她結婚的人，背後代表的意義跟一般人結婚不一樣。

那可是有機會能繼承這整個結社的人選。

我一直以為電視連續劇那種豪門千金會有指定結婚人選的事情距離我的現實生活很遙遠，結果沒想到馬上就在我身邊發生，而且我家社長就是那個人。

當然，自視頗高的【藤原結社】要幫藤原綾物色的結婚對象似乎還沒決定，而曾經的人選韓太賢也自爆了，所以可能會把藤原綾放到生蜘蛛網也不會招女婿進家。可是，她隨便就找個人過來進家門搶繼承權，這種事情也難怪會被罵、被唸了。

把我們關在公主房間一段時間後，那個藤原綾的貼身護衛走了進來，用日語說了一大串後，又走出去。

聽了貼身護衛的話之後，藤原綾一臉如喪考妣的樣子，對我和公孫靜講：「太當家請我們上天守閣吃飯，他想好好看看你。」」

於是，就發生了那個一大堆日語圍繞我、轟炸我的場面了。

不管是喜歡我的——那些絕對不可能干涉到繼承權的藤原家人，如藤原綾的舅舅「藤原龍也」之流；或者是討厭我的——那些有機會爭取繼承權的藤原家人，像是藤原綾的阿姨「藤原智惠子」一樣……在這張餐桌上，他們都使盡一切方法想要套我的話、探我的底、討我的歡心，以及想讓我知難而退。

然而，在這種多重聲道又只有一種語言模式輸出的情況下，我聽到的就是「日語日語日語」混雜而成的雜音，讓我非常的痛苦。

幸好這種痛苦終於結束了，因為整個家族最具分量的太當家，終於姍姍來遲，颯爽登場了！

太當家是個老人，穿著灰色的袍子。他乾枯的身體還有臉頰，反而意外的符合所謂「魔法師」該有的形象。他左手拄著枴杖，右邊由藤原瞳勾著手攙扶著，從天守閣旁邊的小門走了進來。

雖然感覺他是個已經一隻腳踏進棺材裡的老人了，但他整個人散發出來的氣勢和威嚴，的確匹配太當家的稱謂。

在太當家一登場，所有藤原家人都站起來向太當家致意，就連完全沒有公主樣子的藤原綾也乖乖的站起來鞠躬。這氣氛感染了根本就不是藤原家的我還有公孫靜，我們趕緊也跟著向太當家行禮。

藤原瞳攙扶著太當家走到從一開始就空著的餐桌大位，小心翼翼的讓太當家坐下後，才拉開自己的椅子，在太當家身邊坐下。感覺太當家果然很疼藤原瞳這收養進來的孫女，看他們祖孫感情好得咧！

「……@&$%&*?（日語）」

等太當家和眾人都坐下後，太當家就開口說話了。

他的聲音不大，但是每個字我都聽得很清楚，就是「日、文、日、語」這樣，可我還是聽不懂。

不過，藤原瞳馬上就同步口譯了。

所以，為了不要讓大家覺得一直拖字數其實是導演把舞臺搬到日本來的主因，接下來太當家的對白都是經過藤原瞳口譯過的中文版本。

「……誰是陳佐維啊？」

太當家問的是「陳佐維」而非「藤原佐維」，顯示他的心中對於我這個入贅的正統性，並不是站在贊同的角度上。

藤原綾感覺非常的緊張，趕緊用手肘輕輕的推了推我。我立刻站了起來，向太當家彎腰鞠躬，並且自我介紹。

「我、我就是陳佐維……太、太當家您好。」

「嗯……來者是客，你也不需要這麼緊張。我是【藤原結社】的太當家，我叫『藤原拓海』，請多多指教。」

這個充滿驚喜和吐槽點的名字，如果是在平常，或者由其他藤原家人說出來，我絕對會吐槽，甚至是當場噴茶笑了出來。但此時，這個太當家的威嚴讓我完全沒有任何不敬的思想。

「過來我面前，讓我好好的看看你。」

聽了太當家的命令，我僵硬的離開座位，走向太當家。

但我沒膽子真的站到他的身邊，所以我走到藤原瞳的位置邊就停下腳步，因為我認為這個角度他應該就可以看得見了。

而且，我只是站在這裡，便已經感覺到一股強烈的壓迫感，那種魔力的威壓，很難想像是從一個「人類」身上散發出來的，這太當家的修為到底到達了什麼地步，令人難以預料。

「已經無法再往前進了嗎?真令人失望。」

太當家看著我，冷淡的說出他對我的感想：「本來我還以為綾會在臺灣那鬼島找到什麼青年才俊，可能會是個魔力出眾又擁有很高超的神道造詣的神官，沒想到竟然是個魔力幾乎見底的廢料。真令人失望。」

說到這裡，太當家轉頭看著藤原綾，說：「綾，妳又讓我失望了。」

被點名的藤原綾，臉色非常難看。但一向不服輸的她，竟然沒有出言辯駁，只是緊閉雙唇，默默的看著我和太當家。

在藤原綾身邊的公孫靜也一樣。雖然她平常很少在公開場合發表言論，但只要我被人怎樣，她都會站出來幫我擋。可是這太當家的威嚴和氣勢真的太誇張，以至於公孫靜不要說是站出來幫我擋子彈了，就連坐在那裡，她的表情也難看得好像踩到釘子一樣。

「小瞳，昨天妳跟我說的，那個將我們結界破壞掉的男人，真的是面前這個連站都站不穩的人嗎？」

聽到太當家的發問，我才驚覺自己早就全身冒出冷汗，雙膝微微顫抖。

藤原瞳有點焦慮的看了看藤原綾，似乎在思考該不該說出答案。她這一猶豫，讓太當家有點不滿了，就又再問了一次。於是藤原瞳慢慢的點了點頭，表示昨天將他們那千年不破的結界破壞掉的人就是我。

「@#%$@&*#&%。（日語）」

太當家最後的言論，藤原瞳並沒有翻譯，不過他一說出來之後，藤原綾竟然立刻離開座位，跑到我前面擋著我，用日語向太當家著急的講了一大串。

我雖然聽不懂，但從藤原綾的反應上看來，這感覺非常糟糕。

太當家沒有理會藤原綾的抗辯，而是要藤原瞳扶他起身，然後往他登場的門走了過去，準備要離開現場。

當他一起身，在座的藤原家人馬上全部起立。而這次眾人再起立，似乎統統變成要針對我了的樣子。

「……現、現在是什麼情況啊……」我緊張的問藤原綾。

藤原綾沒有回答我的問題，而是從她和服長長的袖子裡掏出五星靈符，轉身面對那些將矛頭指向我的親戚。

結果她才剛掏出靈符來，已經走到門邊的太當家卻突然出現在藤原綾身邊，一記鐵砂掌印在她的腰上，將藤原綾毫不留情的轟飛！

這突如其來的異變，讓餐廳的情況一瞬間混亂了起來。

公孫靜馬上衝了過來，比出劍指就要護駕；藤原瞳則是尖叫了一聲，並且衝向藤原綾的位置，將倒在地上的藤原綾扶了起來、摟著她，姐妹倆哭成一團。其餘的藤原家人則是統統離開座位，朝著我衝了過來，想要對我不利。

就在這個時候，突然有個穿著深藍色武道服的中年阿伯闖了進來，用充滿魔力的大吼聲，制止了現場的混亂。

我原本還在想這阿伯太威武了，竟然一吼就能喝止住眾人，真是萬夫莫敵。結果下一秒他馬上就衝向太當家，跪了下來用日語報告，語氣也變得很委婉，感覺剛才只是迫於無奈不得不這麼做罷了。

當然，我什麼都聽不懂，不過阿伯的報告似乎是什麼很不幸的消息，一下子整個餐廳就籠罩在低氣壓之中，只有我和同樣聽不懂的公孫靜還在狀況外。

太當家聽完了阿伯的報告，冷冷的笑了一下，用日語向阿伯吩咐了幾句，就拄著枴杖離開了。

因為我真的完全搞不清楚狀況，所以趁著這時候，我回頭對著牆壁邊的藤原姐妹詢問到底發生什麼事情。

「姐、姐夫……那個……【組織】說，再過六小時，要是我們再不將媽媽交出去，就等同向【組織】及全世界的魔法師宣戰……」

「啊？這麼誇張？那……太當家剛說啥了？」

說真的，我有點後悔問了這第二個問題。

「太當家表示……我們不會把人交出去，要戰，那便戰吧！」

藤原瞳說完，頓了一下，低頭看著嘴角還掛著紅色鮮血，被太當家下重手打傷所以表情很難過的藤原綾。她想了一段時間後，才接著說：「還有……太當家說他不承認你和姐姐的關係，也不能讓你這種有能力破壞結界的人出去，所以……」

……所以過沒多久，我就被一群藤原家的人架著，關到城堡最底層的地牢去了。

⊕⊕⊕　　⊕⊕⊕

地牢，顧名思義，就是在地下的牢房。

其實我本來也沒料到這座城堡連地牢都有，但就是這麼巧，這城堡的最底層，還是不忘記應景的放上一間用來關戰俘的地牢。

是的，關「戰俘」。

在戰爭的時候，這地牢是有用的。但是現在社會進步、國泰民安，誰還在那邊跟你關戰俘？有種你就把人關進自己家的地牢試試看，你看會不會被警察抓走然後告你一個妨害人身安全甚至是什麼綁票的罪名啊！

咦？那這麼說來，我是不是也應該要告藤原家非法監禁啊？

總之，花了一點口水向大家介紹這間地牢的由來，主要是想讓大家了解，其實這地牢早就沒在用了。因此，我雖然被抓來關到這裡，但我還真的一點都不緊張，因為這裡一點都不像在坐牢。

這裡已經被改造成……「客房」了。

雖然因為地理因素的關係，位於地下的地牢沒有辦法自然採光，但是現在是什麼年代？滿街都是電腦、滿天都是飛機啊！就算是在馬里亞納海溝裡都可以找到會發光的魚類了，在這個地下一樓的地牢裡，照明怎麼會是問題呢？

而考慮到地下室的通風問題，有錢沒地方可以花的藤原家也已經改裝了空調設備，不要說是空氣清新芬芳，就連溫度也很貼心的設定在攝氏二十五度啊！

再來，過往我們所認知的牢房，就是那種很簡陋的，地上鋪著不知道要幹嘛的稻草，一張石床、一條棉被，然後用鐵欄杆把你困住不讓你出去。

可是這裡不一樣！這裡畢竟是客房啊！早就改建成個人套房了！什麼獨立筒彈簧床和書桌椅、檯燈、衣櫃這種基本設備就不提了，竟然還有四十二吋的「潘那所尼客」平面電漿電視和個人衛浴設備！

你說這像在坐牢嗎？

如果這真的是在坐牢，那我在東海男生宿舍住過的那一年算什麼？那裡的房間和設備比這裡還糟糕啊！

總之，就是因為這空間還算舒適，加上藤原瞳千保證萬交代藤原家的人不會傷害我，所以一時半刻我真的沒有意識到自己其實是被關住的囚犯，反而還有點像是……呃……入住特殊主題飯店房間的遊客。

而且，比我的情況危急的事情多的是，我這一不影響生命安全，二來又舒服的可以躺在床上看電視休息，除了門從外面將我反鎖起來這點比較讓我不爽以外，根本沒啥好讓我緊張的。

比較起來，我還比較擔心外面的情況。

不管藤原家是不是馬上就要跟慈禧太后一樣仗著自己的結界刀槍不入來向全世界宣戰，或者是【組織】真的非得等到六小時期滿才會開打，反正外面就是即將要戰他個天昏地暗。

這情況也讓我感覺非常緊張、腎上腺素直線上升。

畢竟這可是世界大戰啊！叫人怎能不緊張呢？

關在牢裡還時時擔心外面世界的情況，這一刻我突然有點能體會某個被關在土城的救援王的心態了。

然而，緊張也沒用，我也只能乾著急，所以過了沒有很久，我就坐在床上開始發呆。

發呆沒有很久，我就覺得很無聊，想要打開電視看看，就算聽不懂，我看人家美少女的影像也好過發呆吧？

反正我從來也沒聽懂過ＡＶ女優在說啥，Ａ片還不是照看？

就在我尋找電視遙控器的時候，我突然聽到隔壁房間傳來了聲音。因為隔著一道厚牆，所以聲音有點小。

說真的，要不是因為這裡太安靜，還聽不太出來。於是我附耳到牆上去聽，再加上運行軒轅心法來加強我的聽力後，我成功的聽清楚了那個聲音是誰發出，而且也聽懂了她在說什麼。

「＃＄＠＆％＃＆＄％。（日語）」

這個用日語一直講話的人不是別人，竟然就是我們這次日本行的目的，也就是【藤原結社】的大當家，藤原綾和藤原瞳姐妹的老母，藤原美惠子阿姨啊！

幹！搞了半天，她竟然也被關到這裡來了啊？這算不算踏破鐵鞋無覓處啊？

我趕緊敲了敲牆壁，並且對著牆壁說：「美惠子阿姨！是妳在隔壁嗎？我是陳佐維啊！妳聽得到我說話嗎？」

我說完，隔壁只有沉默。

我以為她沒聽到，所以又多拍了幾下牆壁。過了一下子，才聽到隔壁傳來：「……是佐維嗎？」

「是啊！是我啊！美惠子阿姨妳怎麼會在這裡啊？我一直以為妳會在妳房間或者哪裡，怎麼會在我隔壁啊？還是那是妳房間啊？」

「……我聽不太清楚，你離牆壁遠一點，直直往後退，然後不要動。」

「啊？」

我一頭霧水，畢竟她聽不清楚竟然還要我往後退，害我根本不知道她要幹嘛。

就在我猶豫要不要往後退還是再喊大聲一點的時候，一道粉紅色的雷射光束突然從我臉頰左邊大約五公分左右的位置射了出來！

這誇張的雷射光束竟然直接將牆射穿了一個小洞！要是打在我身上，豈不是直接腦袋開花啊！

「佐維，你還在嗎？」

美惠子阿姨的聲音傳了過來，有了這個洞，聽起來果然清楚多了，她說：「這樣說話你有沒有聽得比較清楚？」

只是，我還在驚魂未定中，畢竟要是剛才那一道光束打在我身上，是會直接爆頭的！那可就真的沒人可以回答美惠子阿姨的問題了。

「還、還在……我還在……謝天謝地……」

我回過神來，回答了美惠子阿姨的問題後，就趕緊把我剛才問過的問題再問一次。

聽完我的問題，美惠子阿姨就說：「父親認為我身為結社大當家還觸犯【組織】戒律導致被通緝，不管是不是我的錯，這都是讓結社蒙羞的行為，所以把我關在這裡，要我好好反省。」

「……那妳沒被怎樣吧？」

「呵……畢竟是自己的家，弟弟也沒有讓我餓到，只是不能自由行動，也無法接收外界情報而已。要不是剛才你在隔壁一直走來走去發出了聲音，這陣子我還真的有點無聊。」

用說的不太準，我還是決定親眼確認一下，於是走到那洞前面，偷窺美惠子阿姨。結果不看還好，聽聲音真的會覺得她沒有怎樣，一看才知道，她的眼睛被寫滿咒文的布條蒙著，雙腳也被上了腳鐐！

我一直以為她只不過是跟我小時候犯錯會被關廁所一樣，結果沒想到是被真的當作犯人在對待。對比之前美惠子阿姨給我的感覺，那種貴婦的氣質，身為【組織．東方魔法界】會長的自信，真的很難放在一起想像是同一個人。

「對了，你怎麼會在這裡？小綾呢？她沒跟著你來嗎？外面的情況到底怎麼樣了？」

「……小綾也有來，我們是一起來的，是來這裡要救妳的。」看著美惠子阿姨腳上的腳鐐和那詭異的封印符文，我難過的說著。

雖然我也是被關在這裡的囚犯，但八成是因為對我用封印術無效，所以才會只把我反鎖在地牢房裡。

不想讓彼此的情緒太低落，我自嘲的笑著說：「不過……為了要救妳，我好像不小心也跟妳一樣，被關進來了。」

「……真是難為你了。」

「還好啦，我也才剛進來而已。」

因為我是在自嘲，所以這一瞬間我突然想到《九品芝麻官》的情節，包龍星為了要幫犯婦戚秦氏翻案，搞到自己也鋃鐺入獄，連官都丟了。

這麼一提，我好像也是在幫美惠子阿姨到處奔走，走到最後跟玩大富翁不小心走到監牢的格子一樣，走進來監牢了。

自嘲歸自嘲，能在這裡碰到美惠子阿姨，我也是意想不到，而我們本來就是來問她到底為什麼要叫我去拔出軒轅劍導致今天的局面，我可沒忘記這個目的。所以我趕緊問美惠子阿姨這個問題。

「……呵呵，所以，佐維，你和小綾也認為我想要放出千古妖魔，讓世界滅亡嗎？」

「不信。」

我搖搖頭，雖然美惠子阿姨她看不到。我說：「但是既然【組織】都放出通緝令要來抓妳，我和小綾也跟大會長J先生當面聊過，他們的意思就是這樣……所以，我和小綾就是想要來這裡問妳事情的真相。」

「那……小綾人呢？她在哪裡？」

「她……應該沒事。」

我也不敢保證，畢竟在我被抓進來之前，藤原綾還被她狠毒的爺爺親手打了一掌在腰上，打到都吐血了。就算有藤原瞳在保著她，也很難確定她現在的情況到底如何。

「……應該？」美惠子阿姨的語氣有點不滿，看來比起自己的情況，她反而更在乎藤原綾一些。

「……她在上面休息，小瞳在陪她。有小瞳在……我想應該跟我不一樣，因為我會被抓進來……主要也是因為太當家看我不爽就是了啦……」

「你們跟父親到底有了什麼過節？父親雖然嚴厲，也很重視家族光榮，但應該不會懲罰無辜的人啊！」

看來美惠子阿姨真的在地牢裡面關太久了，完全不知道現在外面的情況，才會有這種疑問。

於是，我把事情的來龍去脈解釋給美惠子阿姨聽，從現在外面是封山的情況，到藤原綾為了讓我和公孫靜可以上山不惜撒謊——這裡我沒說撒謊，畢竟誰知道會不會隔牆有耳——說我們已經結婚了，再到太當家不承認我的身分，最後又因為我會破壞結界，所以把我關進來的事情全部一五一十的講了出來。

「……你跟小綾結婚了？這……」

「……嗯……」

其實我有猶豫要不要現在講出真相，但這裡畢竟不夠安全，所以還是硬著頭皮把謊言繼續說下去，反正等這次風波結束後，我們再一起向美惠子阿姨解釋就好。

「……是因為忘卻魔法師的事情嗎？」

「咦？」

我原本還在思考白色謊言和解釋的事情，美惠子阿姨那邊卻傳來一個令我想都沒想到的名詞……

忘卻魔法師？那不是之前的事情了嗎？妳這時候提出來是為什麼啊？

「阿、阿姨……那個，我有些不清楚，可以請妳再說清楚一點給我聽嗎？」

美惠子阿姨沒有馬上回應我的要求。她先是沉默了一下子，似乎在思考什麼，才開口向我說了一聲：「……對不起。」

「呃……怎、怎麼了嗎？」

「……你還記得，要忘卻魔法師消除你的記憶，這個命令是我親自下的嗎？」

「嗯，我記得。」

我點點頭，畢竟要不是因為那次事件，很多事情也不會發生。但我不明白，現在跟我提忘卻魔法師是什麼意思，就追問：「怎麼了嗎？」

「其實，我要向你道歉。就算你體內的魔力系統已經全毀，再也無法使用魔法，也沒必要請來忘卻魔法師的。」

「咦？」

「那個時候，來自【組織】的調查員，已經在調查你的軒轅劍還有那上古妖魔的事情了。我明白，只要那個調查員深入追查到最後，我一定脫不了關係。所以……我就開始想著到底應該要怎麼辦才好。」

「剛好在那時候，你發生了一件意外，導致你的魔力系統全毀。以此為契機，我馬上決定要把你趕出我們的世界，請忘卻魔法師來洗掉你的記憶，讓你完全忘掉有關這個世界的一切……以免你的說法，會直接證明『拔出軒轅劍是我的意思』這件事情。」

我默默的聽著美惠子阿姨的坦白，心裡面五味雜陳。

我原本就不是這個世界的人，但我卻因為意外而踏進了這個世界。我以為美惠子阿姨真的很看重我，我以為我的努力可以讓許多魔法師對我刮目相看，包含那個該死的、每次在我去申請魔力複查的時候都一定要嗆我是小白臉的死中東仔。

所以我很努力的學習魔法、開發魔力，就是希望能成為一個真正的大魔法師。

結果想不到，從美惠子阿姨的說法看來，我原來不過是個隨時可以拋棄掉的棋子，就只是為了要幫她拔軒轅劍的棋子罷了。

我不知道她是不是真的這樣想，但起碼她說的話，的確讓我有這種感覺。

「所以，對不起，佐維。」

「……那後來呢？為什麼不堅持把我的記憶洗掉？」

「因為小綾的關係。」

「……小綾？」我皺起眉頭，疑惑的問：「……小綾那時候跟妳說啥了？」

事實上，當初去申請魔法師檢驗的時候，是藤原綾單獨自己去的，所以她說了什麼我當然是不知道，也不清楚藤原綾是怎麼說服她老母的。

「她說她已經跟你在一起了，如果我真的把你的記憶洗掉，她就要斷絕我們的母女關係，然後追你追到天涯海角，和你私奔，再也不要我這個硬是把你們拆散的狠心母親。」

我靠！藤原綾妳也太不孝了啊啊啊啊！

前面先是在老師面前唬爛說自己的奶奶病危快死了，現在還傳出為了來路不明的野男人要跟妳老母斷絕親子關係，妳還是人嗎妳！

美惠子阿姨繼續說：「我很疼小綾……我也年輕過，自然很清楚她這個年紀的孩子在想些什麼……只能說是我太寵她，讓她會說出那種話來威脅我。但我真的太疼她……所以才會幫你們安排了檢驗。」

「當時我真的很矛盾，一方面我希望你失敗，這樣我就有理由把你的記憶抹殺掉；但我又不希望你失敗，我不想讓小綾太難過。所以直到你通過了測驗，我真的是鬆了一口氣……」

美惠子阿姨嘆了口氣，又接著說：「只是想不到你還是被關進來了……唉，父親可沒有我這麼好說話。希望小綾那邊不要又為了你，跟父親正面的對上。」

那個……美惠子阿姨，妳擔心的事情其實已經發生了，因為藤原綾剛剛才被太當家貓了一掌啊！

這件事情我沒有說出來，畢竟藤原綾是美惠子阿姨的心肝寶貝。大家想看看，假設今天藤原綾是我女兒，這要斷絕親子關係的事情說出來，沒有當場把她巴到黏在牆壁上，這有可能嗎？

結果美惠子阿姨不但沒有責怪藤原綾，反而還因此心軟下來，就只為了藤原綾好，寧願放棄把我的記憶洗掉好顧全自己安危的機會。所以我想想，還是決定不要把藤原綾早就和太當家開幹的事情說出來比較好。

「……美惠子阿姨，我可以問問……妳當初為什麼要叫我去拔軒轅劍呢？」

在有關忘卻魔法師的真相揭開之後，我決定繼續追問我本來想要問清楚的事情。

美惠子阿姨聽到我這麼問，又沉默了一下子，才回答了之前說過的答案：「你在懷疑我想要毀滅世界嗎？」

「當然沒有，我說過了。只是，我還是很想知道，到底為什麼當初要叫我去拔軒轅劍。一定有理由的吧？」

美惠子阿姨輕輕的嘆了口氣，才說：「嗯……當然有。」

「那妳可以說給我聽嗎？不然我和小綾也不知道要怎樣救妳。我剛才有說過，【組織】的人都已經打到山下來了，就算【藤原結社】的結界這麼天下無敵，這也肯定會是一場持久戰。總之……美惠子阿姨，妳可以說給我聽聽嗎？」

回應我的又是短暫的沉默。但很快的，美惠子阿姨輕輕的笑了出來。

「你知道魔法世界的局勢是怎麼樣的嗎？」

「嗯？」

「曾經，我們東方魔法界是世界魔法的中心。然而，在長久下來的故步自封之下，逐漸的被西方超越過去。到我上任了之後，這情況更是嚴重。你都不知道，每次三大會長開會的時候，我都得面對大主教的羞辱。」

「於是，我開始研究失落的古籍，期望能在字裡行間內找到逆轉的關鍵。我相信東方魔法一定還有王牌沒被找出來，只要我能找出來、翻轉這個局面，東方魔法界一定能重新站上世界魔法的中心。」

「終於，我找到了。那就是傳說中的傳說，神話裡的神話，『神劍．軒轅劍』的所在。所以我派人去觀察【天地之間】，研究裡面軒轅劍的封印。呵呵……這一研究，又是好幾年的光陰，得到的結果竟然是這個封印的破解法不存在於世上的答案。連我們【藤原結社】的結界都還有破解法，這種無解的封印竟然會存在！我當時有多灰心你絕對想不到。」

「我沒有放棄這把神劍，同時我也繼續尋找破解的方法以及其他的神器。終於，在小綾進行魔法審核的時候發生了一場意外，把你帶到我的面前。那一天起，我就知道我的機會來了，因為你的身上，竟然有『結界破壞』的能力。」

美惠子阿姨又笑了笑，說：「後來的事情，你就開始親身體會了，也不用我再多說下去。總之……我利用你去幫我拔出軒轅劍，絕對不是因為我想要毀滅世界。我根本不知道會發生這樣的事情！我只是……想替東方魔法界做點事情而已……」

聽完美惠子阿姨的解釋，我其實也不知道要說什麼才好，畢竟我一開始就相信美惠子阿姨不是壞人。

只是她的說法能不能拿去給【組織】的人聽，讓他們接受？這點就有待商榷了。畢竟魔法師們都是一些神經病，誰知道他們聽不聽得懂人話？

就在我們的對話剛結束的此刻，突然感覺地板傳來震動，還聽到很像在西門國●戲院看電影時會感受到的超重低音。那好像是炮聲，又很像是打雷，好像離我們很遠，又好像距我們很近。

不過不管怎樣，我都大概猜得到是怎麼回事，那應該是【組織】方面開戰，用魔法硬轟結界所發出的聲響。

「那是什麼聲音？」美惠子阿姨問。

「……應該是開戰了。」我回答，還補充說：「太當家很強硬的不打算把妳交給【組織】，還直接對外面嗆聲說要打直接來打，不用等什麼六小時。我猜【組織】應該是不打算等這六小時，直接開打了。」

「是嗎……不過不用怕，這個結界是破不掉的！」

美惠子阿姨的語氣聽起來很像在安慰我……

不過美惠子阿姨啊，妳家的無敵結界好像才在昨天就被本人破解了啊！這安慰一點幫助都沒有啊！

然而，她說的應該也沒錯，不然太當家的態度我想也不會這麼強硬，所以就當作是在聽打雷，靜觀其變。

只是我聽下去，感覺那聲音好像越來越大，也越來越近。就在我好奇外面到底是打到怎樣，怎麼聲音好像已經炸到我牢房門口來的時候……

幹！我的房間門還真的炸了開來啊！

房間門一炸，我整個人嚇得立刻縮到床上。然後，將門炸飛的凶手馬上衝了進來，不是別人，正是公孫靜！

「老公！你沒事吧？」

「嘎？」

公孫靜一進來就喊我老公，差點把我嚇死。要知道，隔壁住的人是美惠子阿姨啊！在她心裡我和藤原綾才是夫妻啊！現在公孫靜一進來一喊，搞不好疼小孩的美惠子阿姨會因此爆氣啊！

幸好隔壁並沒有傳來什麼意見，我趕緊下了床，走到公孫靜面前，說：「我沒事……妳怎麼會在這裡？」

「我來救你的。」

公孫靜淡淡的表示，好像這跟隨手撿垃圾、在公車上讓座給老弱婦孺一樣的理所當然。

「我當然知道……可是妳怎麼進來的？藤原綾呢？」

在我再三追問下，公孫靜終於說明了現在的情況。

她說在我被架走之後，她也差點被架走，只是在藤原瞳的力保之下，她才沒有落得跟我一樣的下場。然而，她仍是被請到另外一個房間軟禁起來，在當時就和藤原綾分開，所以她也不知道藤原綾現在情況如何。

當然，當時她非常緊張，畢竟她要保護的對象是我。不過在敵我實力未明的情況下，她才沒有急著發難，而是伺機而動。幸好沒讓她等太久，過了一陣子，她從窗口看到山腳已經開打了，同時也感覺到負責看守她的人不見了，她便趁機跑出來，一路往下層跑，直到跑到地牢來這裡。

至於我剛才感覺到的炮聲，其實是她用軒轅劍法將牢房的門一間一間破壞掉的聲音，不是【組織】的人已經打過來了。

「老公，我們走吧！」公孫靜拉著我的手，說：「這裡的人不歡迎我們，我們就不要再留了！要不然，誰能保證他們不會對你我不利？」

我心想也對，現在是只把我關著，誰知道會不會關一關覺得我留在這世上對他們的結界危害太大，就把我葛掉？畢竟【組織】的人還真的說打就打啊！於是，我同意了公孫靜的話。

只是，我沒有打算要自己一個人走。

「小靜，幫我個忙，把這面有個洞的牆壁劈倒。」

「為什麼？」

「救人！」

「是！」

公孫靜立刻比出劍指施展「軒轅劍法．殘月」，打出一道黃金劍氣。雖然手中沒有夏禹劍，讓她的劍氣威力大打折扣，但是對付一堵沒有生命的牆壁，已經足夠了。

這一劍，在牆上留下一道極深的劍痕。接著，公孫靜走到牆前，伸手去推牆，牆壁馬上應聲而倒。牆壁一倒，公孫靜就看到被枷鎖、封印限制住自由的美惠子阿姨。

一看就知道我要救的人是她，公孫靜便直接出手，用「軒轅劍法．曜日」將美惠子阿姨身上的枷鎖都去除。然而，當她要拆除美惠子阿姨臉上封印的時候，手才剛碰到封印，馬上就有如觸電般的立刻收回手。

看來這封印果然非同小可。

不過，不管它再如何神通廣大，對我來說都跟屁一樣。我馬上把公孫靜拉回來，親手將美惠子阿姨臉上的布條拿下，一點阻礙都沒有。

這一瞬間我突然有種自己很像某禁書目錄裡的右手哥啊！看來我也該學他給自己取個外號，比方說什麼封印殺手之類的啊！

重見光明的美惠子阿姨似乎一時之間還不能適應，眼睛睜開就淚水直流，只好先暫時繼續閉著眼睛。

我將她扶了起來，對她說：「美惠子阿姨，【組織】的人真的向你們結社開戰了，所以再這樣被關下去也不是辦法，我們先去找小綾，大家一起逃走！」

美惠子阿姨沒有說話，只是輕輕的點點頭。

我對公孫靜也點點頭，公孫靜明白我的意思，然後比出劍指，領著我們往外衝。我攙扶著美惠子阿姨，緊跟在公孫靜的後面一起衝上去。

⊕⊕⊕　　⊕⊕⊕

前面公孫靜已經說過，看守她的人不知道為什麼不見了。此時我們離開地牢來到地面上一看，才發現不只是看守她的人不見，連整座城堡的人都不見了。想必是山腳的戰鬥激烈程度非同小可，才會出動所有人力資源去抗戰。

不過，這對我們算是好事，起碼不用像玩《特攻神諜》一樣，還得到處躲人。

「佐維……你們走吧。」

來到上層，看到城堡內空無一人，被我一路攙扶上來的美惠子阿姨竟然輕輕的將我推開，拍拍自己有點骯髒的衣服，面帶微笑的對我說：「既然【組織】方面已經對我們結社全面開戰，我身為大當家，臨陣脫逃的話就太不像話了。」

「不是啦，靠！人家就是要來抓妳的妳幹嘛……」

「佐維！」

美惠子阿姨打斷我的話，說：「小綾就交給你了，要是她少了一根寒毛，我就是死，也不會放過你。你們快去找小綾。我要去外面，和結社的大家一起共進退。」

說完，美惠子阿姨頭也不回的就往外衝，完全不給我機會繼續嘴炮下去。

只是，就算她現在才剛從封印狀態恢復，我猜她的魔法修為應該也足夠把我和公孫靜都打趴。所以，我們也是沒辦法攔著她，只好繼續往上層走，去尋找藤原綾。

雖然公孫靜說她不知道藤原綾在哪，但是想來也只有一個地方可以去，那就是她的公主房。

我們一路直衝公主房，直接拉開門，果然看到藤原綾趴在地上，動也不動一下。

我趕緊衝過去，蹲跪下來摟著她，想要叫醒她。這個時候我才發現，她竟然早就昏過去了！這還不算最慘的，當我把她抱起來的時候，她的嘴角竟然還流出一絲殷紅的鮮血。

這一下嚇到我了，我趕緊搖晃她的身體，想要搖醒她。

公孫靜見狀，立刻衝過來要我把藤原綾擺成坐姿，然後自己坐在她身後，用平常我們兩人修煉軒轅心法的姿勢——胸部緊貼在藤原綾的背上，雙手也貼在藤原綾的胸口，將靈氣運進藤原綾的體內。

這招有效，才過了五秒左右，藤原綾就「噗啊！」的對著她面前的我噴了一大口黑色的鮮血出來，然後悠悠的轉醒。

「……死……陳佐維……噗！」

這一句話講得斷斷續續的，她還沒說完，又對著我噴了一大口紅色的鮮血，然後再度昏了過去。

「怎、怎麼會這樣？她有沒有事啊？小靜？」

公孫靜皺著眉頭，搖搖頭說：「應該沒有生命危險……只是……社長身體的經脈走向都亂七八糟的……剛才那一掌肯定讓社長受了很嚴重的傷。看來……一時半刻是醒不過來的。」

接著，公孫靜又問：「那我們現在要怎麼辦？帶著社長我們可能走不掉。還是……要把社長留在這裡？畢竟這裡是社長的家……」

「家個屁啊！有哪個正常的阿公會把自己的孫女打成這樣啊？」

我的語氣有點凶，但不是針對公孫靜，純粹是對於太當家下手太狠感到憤怒。

結果公孫靜似乎誤以為我在對她凶，一臉委屈的反問我：「……那……我們該怎麼辦？」

我沒有馬上回答，因為我在想現在到底該怎麼辦。帶著藤原綾這個大拖油瓶，我們就算可以順利的從這座空城離開，但是有辦法能從底下人山人海的魔法師大亂鬥的現場全身而退嗎？

我想不到辦法，但我不可能把藤原綾丟在這裡。

「小靜，答應我，等一下不管怎樣，妳都要盡全力保護藤原綾的安全，可以嗎？」

公孫靜愣了一下，馬上搖搖頭，說：「不行。侍劍的職責是保護你的安全……」

「老婆！」我打斷了公孫靜的話，很認真的看著她說：「拜託妳了，可以嗎？」

公孫靜閉上嘴巴，很為難的看著我，隨即低下頭去，小小聲的說：「……我知道了……老公……」

「那好，妳抱著藤原綾，記得隨時觀察她的身體狀況。我們走吧！」

說完，我站了起來，公孫靜也抱著失去意識的藤原綾站了起來，然後我們一起走出了公主房，準備要離開城堡。

但就在我們剛踏出公主房的時候，那個藤原綾的貼身護衛竟然出現在我們面前！他一看到我們，尤其是看到公孫靜還抱著昏迷不醒的藤原綾後，就發出怒吼和聽不懂的日語咒罵，接著擺開架式，像是要把我們教訓一頓的樣子。

我跟著比出劍指，運行軒轅心法，瞪著面前的貼身護衛，準備好好教訓這個看我不爽的傢伙。

那傢伙主動的先出擊！腳用力的往木質地板踩踏，發出了沉悶的聲響後，一瞬間就來到我面前，接著左拳右拳同時招呼過來，打出一記雙龍出海！但我反應很快的往後一退，成功的閃過了他的雙拳。

閃避完了之後，就換我反擊了！

「去你的！少擋路了王八蛋！殘月！」

我邊大吼，同時劍指就對著那傢伙劈出黃金劍氣！

可是天不從人願，我的劍氣因為太久沒用了，竟然在這帥氣的重要時刻放槍？變成一個莫名其妙的空揮啊！

打架打到一半突然搞笑是不被允許的，那傢伙逮到我露出這大破綻的瞬間，馬上對我加以追擊。結果他才剛有動作，一道至剛霸道的超黃金劍氣，瞬間將那傢伙掃得飛了出去，撞倒了旁邊的紙門，他在地上滾了好幾圈之後，就趴在地上葛屁了。

我回頭一看，就看到公孫靜一手將藤原綾像瓦斯桶一樣的扛在肩膀上，另外一手比著劍指，一臉游刃有餘的樣子看著我。

「……妳的力氣也太猛了點……」

公孫靜將臉別開，悶悶不樂的說：「……我的職責主要還是保護你。」

我沒有回她，只是點點頭說了聲謝謝，然後要她跟上，就趕緊往下層跑掉，想要儘快離開這座城堡。

⊕⊕⊕　　⊕⊕⊕

由於城堡裡面沒有人，所以我們跑出來的過程異常的順利。

但就在我們跑出來、一連穿過了兩個庭院，跑到城堡大門口的時候，只見大門的前方竟然擋著一狗票的人群啊！從那群人發出的騷動聲音，還有不時傳來的聲光效果，想不到短短時間，這【組織】的魔法師們竟然已經打到山上來了啊？

靠！你們【藤原結社】的結界不是號稱千年不破的嗎？這次抵抗有沒有超過一小時啊？

因為堵在大門口的人太多，所以我們也不可能直接走過去說「借過借過啊～」就出去，只能再想想有沒有其他的出口能走。

就在這個時候，前面大門右側的城牆突然發生了劇烈的大爆炸！炸出了一個大洞！

我趕緊要公孫靜抱著藤原綾跟著我先一起躲起來，靜觀其變，再找機會趁亂逃出去。

接下來，就看到一些奇裝異服的街頭藝人陸續出現，有的穿西裝打領帶，有的穿斗篷尖帽，有的穿騎士盔甲……反正林子大了什麼鳥都有，進來的人多了什麼裝備都看得到！總之，就是一大票的魔法師從那個大洞裡衝了進來。

接著，藤原瞳出現了！

她一樣是全副武裝，穿著巫女服、手拿紙扇，率領跟她穿著同樣裝備的眾多巫女姐妹們，從大門口那裡繞回來，跟這些想偷雞摸狗的魔法師打了起來。一下子，只見一大堆魔法特效轟來炸去，距離接近之後，又變成一連串的短兵交接。

可是，巫女哪是騎士的對手？

一個拿紙扇、一個拿巨劍，光看就知道打不過啊！

好幾個巫女就這麼被比較擅長近距離作戰的魔法師打倒、制服，藤原瞳看情況不對，於是下令要那群巫女姐妹們往城堡的方向退去。接著就是一票的武道服男，也就是藤原家族的貼身護衛們衝了出來，代替不擅近身作戰的巫女們跟那些魔法師聯軍對打。

此時此刻，整個場面非常的混亂，但就是因為太混亂了，加上我們躲的位置也算不錯，竟然一大堆人從我們身邊跑過，沒有一個人發現我們。

藤原瞳並沒有跟著其他的巫女姐妹們退去，而她也和其他巫女姐妹們不同，看得出來她的神道魔法真的強得亂七八糟！

她揮舞紙扇的同時，帶著粉紅色光芒的魔法效果不斷的將想逼近身邊來犯的敵人打退，更可以同時將人封印，甚至是用來追擊敵人！

一打多的同時，藤原瞳還可以指揮其他巫女姐妹們逃跑或者作戰，難怪會被人稱作天才，因為真的完全不是同一個水平的。

但是雙拳難敵四手，人多力量大！

藤原瞳縱使再威武，氣力始終有用盡的一刻。她那粉紅色光芒的神道魔法逐漸暗淡，她也不再是一拳打飛一票敵人，勁道消退很多。最後，她用魔力構築出來的小型防禦結界終於被破，其中一個魔法師成功的突破了她的防禦，一枚魔力彈打中她的腹部！痛得她立刻蹲坐下來，抱著肚子面露痛苦的表情。

接著，第二個魔法師的劍氣、第三個魔法師的靈符、第四個魔法師的飛鏢……各種魔法的攻擊不斷的朝藤原瞳身上招呼過去！

雖然藤原瞳立刻再度張開防禦結界，但防禦力完全不能和一開始的那層結界相提並論，最後她終於氣力放盡，無力的倒在地上。

這還沒結束，那些魔法師深知藤原瞳跟其他年輕巫女不同，不可以留下來！所以趁著藤原瞳倒地不起的時候，竟然打算要直接消滅掉這個毫無反擊能力的年輕女孩！

「幹！」

看到這裡我忍不住了！

其他人我不認識就算了，畢竟在開戰之前，那些我不認識的藤原家人還一個接一個的搶著把我架進地牢。

可是藤原瞳跟其他人不一樣啊！她不光只是藤原綾的妹妹而已，她對我和公孫靜的態度也是非常的謙恭有禮，完全跟其他家人不同啊！要我眼睜睜看著藤原瞳死在面前，我辦不到啦！

所以我馬上衝了出去，朝著那群圍著藤原瞳的魔法師衝了過去，對著其中一個完全沒注意到我的魔法師來了一記飛踢，同時借力使力，踩著他的背往上一跳，在空中打出一記成功的殘月劍氣，將那票魔法師掃開。

一落地，我立刻抱起了藤原瞳。藤原瞳躺在我懷裡，全身上下都是傷痕，就連可愛的臉蛋也都掛了彩。

「姐夫……你怎麼會在這裡……」

「別說話，我馬上救妳走！」

我說完，就抱著藤原瞳想要往回跑。

但我才剛要回頭便想到，我這樣一回去，豈不是連公孫靜她們藏匿的地方都曝光了？於是我不回頭了，抱著藤原瞳大喊：「小靜！別忘記妳答應過我的事情！快走！」

喊完，我抱著藤原瞳就朝著那個牆壁大洞衝了過去，因為那個大洞此刻已經空無一人了！

我原本還在想，這裡為什麼會一個人都沒有？不是很多【組織】的魔法師會從這裡闖進來嗎？

不過，管不了那麼多了，我只要往前衝就對了！

結果當我衝出那個洞，我才知道了原因。

因為……洞外面竟然是個大斷崖啊！

於是，我就這麼抱著藤原瞳，兩個人一起摔下山崖去了……

《魔法師之全球通緝令》完

NO.PAUSE

不使用魔法的魔法師的魔法

時間稍微回溯一點點，也不用回溯太久，大概就回溯到【藤原結社】太當家．藤原拓海拒絕交人、發表開戰宣言，以及陳佐維這傻瓜被關進地牢這邊就夠了。

這時的山腳下，已經亂成一團。

來自世界各地，使用各種不同門派、系統、信仰、文化的魔法師們，聽到了如此傲慢托大的言論，心中的怒火燃燒得更加高昂，戰意沖天。

在這個時候，他們已經不把【藤原結社】對【組織】的宣戰看作是宣戰。

對他們來說，這宣戰，已經近似於羞辱。

「東亞最強、日本第一又如何？我們XXX結社也是XX最強，X國第一啊！就你們可以嗆聲嗎？」

然而，在【組織】大會長．J親自指揮的情況下，沒有J的命令，大家就是再義憤填膺、再按捺不住，也不可以直接開打。畢竟大家都知道，宣戰歸宣戰，誰先動手，那一刻才是真正的開戰。

不管是誰，在這種世界大戰當中，當上第一個開槍的壞蛋，要背負的責任太大了。

宣戰之後，通往山上唯一道路的路口，那個由【藤原結社】的巫女和護衛們組成的第一道防線，此時也有越來越多的人手下來增援。包含剛才還在城堡裡力保陳佐維那傻子安全的藤原瞳，她也換上全副武裝，來到前線備戰。

兩邊的情況越來越緊張，現場的肅殺之氣也越發濃厚。

這情況，和臨時會議所裡面的氣氛，完全不一樣。

⊕⊕⊕　　⊕⊕⊕

J早就知道藤原拓海不會交人，他並非第一次與這個老一輩的魔法師打交道，丟出這六小時的期限和送他六分鐘護一生的廣告一樣，都沒有實際上的效果。

因為他很清楚，假如【藤原結社】的結界被破，對結社造成的傷害，絕對遠超過眾人之前的估計，最慘的情況甚至有可能導致一個千年結社從此消失。他不希望看到這種事情發生。

可是，如果不這麼做，這件事情也許拖過一年是一年，只要結界沒破，誰都不可能威脅【藤原結社】。

所以這六小時，其實是J留給自己沉澱用的時間。

但就是有人，連這短短的六小時也不願意留給J。

「艾瑞克啊，藤原拓海的意思很明顯了，既然對方不在乎自己結社的安危，我們身為執法的一方，又何必在意呢？」

說話的人是【組織．西方魔法界】會長，也就是大主教——保羅．薩菲爾。

「我有我的考量。」J閉上眼睛，說：「只是……大主教您的意思是什麼？」

薩菲爾輕輕的打開窗戶，說：「艾瑞克，看吶！對方的宣戰，對我方組織起來的各大結社，是個嚴重的挑釁及羞辱。他們都在等待我們帶著他們去出這一口氣，在等著我們的回應啊！今天你若是為了私情，堅持不動手，那你這大會長的寶座，只怕很快就要坐不穩了。」

J輕輕的笑了一下，搖搖頭說：「其實我並不是很在意大會長的位置。說真的，以前我只是一個學生，那時候自在多了。」

「哈哈哈哈……可惜現在你已經不再是學生了。」

J點點頭，沒有回應。

「你現在是不是有點後悔，當初沒把指揮權轉移給我？」薩菲爾將窗戶關上，面帶微笑的問J：「這樣，你就不必做出這種痛苦的決定了。」

「不會。」J搖搖頭，說：「只是，如果大主教想當英雄，那這個命令，您來下吧。」

將視線移向天花板，J說：「我不是當英雄的料。因為我只是一個大會長，要考慮的事情比當英雄更多。」

這句話表面捧了薩菲爾，實際上則酸了他一把。

活了這麼一大把歲數的大主教，自然聽出了J的意思。他馬上收起笑容，不過他還是點了點頭，說：「考慮太多，只會失去成就事業的機會。這就是英雄與凡人的差距。」

說完，薩菲爾站了起來，轉身離開。而在離開前，他還丟了一句：「艾瑞克，我們開戰吧。」

J沒有說話，但他點了點頭。薩菲爾說得不算錯，這件事情不能再拖下去。只是可以的話，他還是決定多留給自己一點時間。

以免【藤原結社】會在一瞬間被覆滅掉。

於是，在遠東，日出之國，京都，藤原城下鎮，展開了一場一個結社單挑全世界魔法師的戰爭。

⊕⊕⊕　⊕⊕⊕

藤原瞳與眾巫女姐妹們、近衛家和一条家聯合起來組成的第一道防線，在全世界魔法師揉合怒火的攻擊之下，很快的就被突破了。不過，這並不影響【藤原結社】的信心，因為他們最自豪的並非這所謂的第一道防線，而是在這道防線之後，那號稱千年不破的超強結界。

所以，在第一道防線崩潰之後，藤原瞳馬上帶領所有人退至結界內部，同時與城堡裡下來支援的其他姐妹、親戚，組成第二道防線。

所有的魔法師都知道，【藤原結社】說話之所以敢這麼大聲，就是因為有這層沒人破得了的結界在保護著。也是因為這層結界結合了當地的靈脈，【藤原結社】才能匹配日本第一的稱號。

因此就算突破了第一道防線，也沒有魔法師敢有絲毫的大意。大家都知道，現在開始才是真正的難關。

雙方就這麼隔著一層結界，遙遙相望。

情況又回到山下那樣，不一樣的是，雙方信心的差距。

因為，在結界內的【藤原結社】，才是真正的日本第一！

藤原瞳知道對方顧忌自己家的結界，於是在回到結界內之後，便唸動了神道祭神的詩篇，其他姐妹們也跟著吟唱。一条家的兄弟們則隨著巫女的歌聲，踏出一種稱作「神樂」的舞步。

在歌聲和舞步的加持之下，【藤原結社】的魔力來到最高點。

接著，就是反擊的開始！

「喝！」

腳踏「神樂」舞步的一条家族，在歌聲停落之時，同時用右腳蹬地！大喝一聲，右拳對著面前揮出！但這並不是空揮，而是有點類似殘月劍氣那般的魔力炮彈！魔力炮彈就這麼穿過了結界，轟在結界外面的魔法師身上，打得對手人仰馬翻。

這是多麼作弊的事情啊！

躲在一個刀槍不入的防禦內，還可以攻擊外面的對手！攻守合一成這個境界，難怪說話敢這麼大聲啊！

看著人家開外掛，正常人都會不爽的啊！

於是外面的魔法師們憤怒了，紛紛祭出自己的看家本領，就是想要成為千年來第一個打破這層結界的魔法師。

結果，神奇的事情發生了！

一堆魔法效果炸了過去，竟然毫無阻礙的直接轟炸在完全沒有防備的【藤原結社】眾人身上。

這一瞬間，兩邊都嚇到了。

【藤原結社】的人，沒有想到自己會被打中；外面的魔法師，沒有想到自己會打中。

於是，戰場的情況一瞬間逆轉了過來。

【藤原結社】的人到這時候才發現，他們的結界根本沒有張開！是完全關閉的狀態！藤原家的人不了解原因，一条家的人也不清楚真相，他們只知道一件事情——退！

所以，山腳退到山腰，山腰退回山頂的城堡。

失去無敵結界的庇護，【藤原結社】兵敗如山倒，一路被打退回自家城堡，死守這最後的淨土。

就在這個時候，原本被關在地牢內的大當家——藤原美惠子出現了。

她一登場，馬上就地張開了一個超大護盾，同時對著巫女親戚們下令，要她們加入自己張開護盾的行動。大當家縱使是帶罪之身，說的話還是有分量的，一呼百諾，運用靈脈加持，加上神道本身就擅長的防禦系魔法，一瞬間便又構築出另外的結界，保護著自己的家園。

美惠子的登場，讓失去信心的【藤原結社】再度升起信心。雖然他們已經有人忘記了美惠子的威力，有人根本不知道這位長輩是靠什麼當上大當家的，但光看美惠子露這一手，就知道她絕對不是普通人物。

同樣的，美惠子的現身，也讓所有的魔法師都陷入了瘋狂狀態！

眼見目標就在眼前，每個魔法師都殺紅了眼，誓要將這個通緝犯親自捉拿，賺取【組織】的懸賞。

就在這個時候，從西側斷崖爬上來的偷襲部隊，成功的炸開了失去結界保護的城牆，從那個破洞闖了進去。腹背受敵的情況，讓「藤原結界」只能兵分兩路，同時對抗來自兩邊的威脅。

但是，結界本身就是疊加魔法，疊越多層上去越牢靠。一下子失去了泰半的人力，好不容易張開的魔法結界，再次的被破！

眼看結界崩潰，那票魔法師立刻將靈符、盧尼符文、法戒、銅錢等法器朝著美惠子招呼過去，每個都搶著想要在她身上插頭香，表示是自己結社將通緝犯捉拿歸案的。

突然之間，一個人出現在美惠子的身邊。他好像是突然出現在那裡的，但又好像是早就站在那裡很久一樣，一點也不突兀。他穿著整齊的西裝，一手摟住美惠子的腰，讓兩人站得靠近一些。

就只是這樣的動作，那些各種魔法攻擊竟然全部都打偏了！

「是你……」

「對不起，來晚了。」

那人笑了笑，說：「畢竟妳家的結界我也沒辦法破解，雖然不知道為什麼，但幸虧它已經不在了，我才可以進得來。」

「大、大笨蛋……」

突然出現的人不是別人，正是美惠子的前夫，藤原綾的親生父親，道家的第一把交椅，地仙．建成仙人．李永然。

他的頭銜太長了，幹！

李永然的突然現身讓所有的魔法師都愣了一下，但他們不是驚訝於李永然的現身，而是驚訝為什麼魔法攻擊會被躲開。

不過，被躲開一次不礙事，所以大家再度將所有的魔法對著李永然和美惠子身上轟炸過去！

然而，神奇的事情卻再度發生，明明就是瞄準了李永然，卻沒有一枚魔法效果是成功攻擊到他身上的。甚至不要說攻擊了，就是摸到邊的也沒有。

「馬的，我才不信打不到你！」

一個穿著騎士鎧甲的歐洲騎士，用英文對著李永然大吼一聲後，舉著雙手巨劍就朝李永然劈了過去。結果還是一樣，李永然動也沒動，騎士的巨劍砸下，卻偏離了起碼十五公分以上。

「那麼，該換我了。」

李永然輕描淡寫的說出這麼一句話，接著就從右邊上衣口袋中拿出一張靈符，將靈符對著騎士的鎧甲射了過去，同時口中唸了一段「急急如律令！破！」之後，靈符就發生了爆炸，將那騎士炸得暈死過去。

接著，他把摟著美惠子腰的手放開，雙手同時在自己面前畫了一個大圓圈，牽動了附近的落葉和砂石，形成了一個大大的太極。然後他雙手往太極的正中間一推，隱含強大魔力的落葉和砂石便成為最有威力的武器，一出手就撂倒了超過二十個魔法師，足見李永然修為之高。

一出手便撂倒這麼多人，而且還顯得游刃有餘，這傢伙到底是人是鬼？

看到這一幕的眾多魔法師，信心突然有了動搖。

但就在這個時候，一個披著黑色大斗篷的金髮女孩突然閃電般竄入現場，直挺挺的站在李永然面前，昂首瞪視著他。

「李永然先生。大薩滿——貝兒．伊雷格在此候教了！」

語畢，貝兒隨手引來土元素之力，創造出十幾根石錐後，對著李永然和美惠子發射過去。這招曾經讓陳佐維和公孫靜吃過苦頭，但是對李永然和美惠子來說，似乎僅是雕蟲小技。李永然依然是用莫名其妙的方式讓攻擊落空，美惠子則是瞬間張開神道結界，擋下了石錐的攻擊。

突襲失敗，貝兒眉頭一皺。她沒料到這攻勢會跟其他魔法師施展的魔法一樣，對李永然無效。

李永然到底是怎麼閃開的？憑貝兒的本事，竟然也看不出破綻。

至於美惠子方面，貝兒雖然不敢低估對手，卻也沒料到這位看起來很普通的氣質貴婦，張開結界的速度竟然會快得如此匪夷所思。

不過，貝兒沒有氣餒，再接再厲的招來其他元素的能量。

然而，不管是火焰、水或者是最終壓箱寶的空氣元素，依然無法對這對強到跟變態一樣的（前）夫妻造成有效的傷害。

貝兒雖然繼承了大薩滿的智慧，可是魔力和實戰的經驗仍然稚嫩。美惠子注意到貝兒的魔力出現了不連貫之處，馬上對她丟出了一個封印魔法。貝兒反應很快的往後一退，但左腳還是中招，行動力大幅下降。

李永然也展開了行動。他很清楚，此刻在場的只有這個年輕的大薩滿有膽子敢過來跟他們兩人單挑，只要先壓退她，對於敵人的信心會是一大打擊。他立刻咬破手指，憑空畫出一道九天雷震符，想要引來天雷退敵！

「貝兒！左邊四十七度角，空氣元素，全力集中防禦！」

就在天空雷聲大作的同時，一個男人的聲音突然提醒道——不對，應該要說是指導貝兒防禦。

聽到這令人安心的聲音後，貝兒想也不想，馬上將空氣元素的力量全部壓縮到指定的位置。果不其然，李永然引來的九天雷震，正是打在貝兒全力防禦的位置，讓貝兒能毫髮無傷。

這個聲音插進來後，戰場一瞬間停了下來。

一個高瘦的男人，慢慢的從人群裡走了出來。他先將貝兒扶了起來之後，才對著李永然說：「老朋友，請你不要為難我。」

「……艾瑞克，你很明白我的意思。」

說著，李永然還刻意的擋到美惠子面前，對著面前的老朋友說：「我不會讓你帶走她的。」

沒錯，在這個時候出現的人，正是【組織】的大會長，不使用魔法的魔法師．J。

J的出現讓【組織】聯軍感到精神為之一振。這可是自己所隸屬的公司裡最高層級的領導啊！就好像●海尾牙的時候郭●銘要上臺發紅包抽獎之前，大家都會對著他大喊總裁好帥是一樣的意思。J的出現，也造成了類似的精神穩定效果。

「美惠子……不要抵抗了，讓我帶妳走吧！」J直接向李永然身後的美惠子喊話。

但是美惠子並沒有給予正面的回應，而是把臉別開，躲在李永然身後，答案是什麼自然不言而喻。

於是J嘆了口氣，搖搖頭，默默的從西裝內袋中，拿出一本破舊的筆記本。

一看到J做出這個舉動，李永然就知道J要加入戰場了。他知道這是一件十分不妙的事情，所以立刻又畫出一道三清玄風符，想要制止J的行為。

然而，他還是慢了一步。

「貝兒，我正前面兩步，水元素七成威力。」

接到命令，貝兒馬上準確的將自身魔力七成威力的水元素集中在J指定的位置上。就像是未卜先知一樣，在這個位置上，水元素擋下了李永然三清玄風符的攻擊，其攻擊的餘勁也不會對J造成絲毫傷害。

李永然的突然發難，讓【組織】聯軍如大夢初醒。一看對方竟然敢向自己老闆動手，就算是本來都跟老闆不熟的人，現在也要趕緊護駕啊！搞不好老闆龍心大悅，會在戰後封自己為護駕也不一定啊！

於是乎，又是一大堆徒勞無功的魔法攻擊，全部沒有打中該打中的人。這李永然的閃躲，簡直是毫無破綻。

「你的『禹步』真的很誇張。」J瞇著眼睛，全神貫注的盯著李永然，說：「比上次我看到的時候，又進步了一點。」

李永然點點頭，但沒有說話回應。

J笑了笑，說：「不過，也不是破不了！【薩依拉結社】聽令，右弦三十七度半，『靈樹之怒』全力施展！【自在天結社】，在我正前方十八步，三成威力的『羅漢降龍』！」

J的命令並沒有下完，接著他又用俄語向俄羅斯的【十字教結社】下命令，要他們在什麼方向打出威力多強大的聖歌攻勢；然後是用古拉丁文向貝兒率領的薩滿教徒們命令，要他們朝著哪個位置調整多少比例的元素力量；又用芬蘭語向【北歐結社】及用希臘文向【希臘結社】下了指示，吩咐他們應該要在什麼地方召喚什麼樣子的神話人物。

指令越下越多，J同時也在感受來自各大結社的魔力元素，同時展開調整和施放全新的命令。

原本像是一盤散沙的各大結社，天南地北、東西混雜著各種文化、信仰、系統產生出來不同的魔法，在Ｊ一個人的調整之下，竟然變成一個集各家之長、補各家之短的萬全攻勢！

這，就是【組織】大會長，不使用魔法的魔法師．Ｊ的戰鬥方式！

他沒有使用魔法的能力，但他比任何一個魔法師都懂得觀察、擅長指揮，更憑著他驚人的記憶力，將世界上所有的魔法咒文、禁書、口訣統統都記在腦海裡，在臨場作戰的時候，能將所有的弱勢逆轉為優勢。

他不直接使用魔法，但比任何人都了解魔法。

Ｊ一出手，馬上就破解了擁有必閃外掛的「禹步」，將李永然打得退了下去。但他並沒有消滅掉這個老友，他刻意的調整過那些攻向李永然的魔力，造成只痛不傷的效果，只是想要逼退李永然，讓自己可以帶走美惠子而已。

這真的不能怪李永然弱，是因為現場聚集的魔法師太多，Ｊ可以讓這些人的合作從相加變成相乘的效果。

打退了李永然，Ｊ要眾人先停下攻勢。

有了一次解決如此強敵的經驗，眾結社此刻早就將J的命令奉若神旨，完全沒人有意見或者想要偷打。

J慢慢的走向一直守在城門前的【藤原結社】眾人，走到美惠子的面前，說：「走吧，失去了結界，你們家保護不了妳，李永然也保護不了你。可是我可以，跟我走吧。」

美惠子微微的往後退了一步，她回頭看著身後那些受了傷的結社眾親戚，又回頭看著那座她從小看到大、一直認為會屹立不倒的藤原城堡，看著那個大洞，以及那些從洞裡衝進來作亂的魔法師。

她終於發現，他們輸了。

「急急如律令！玄天龜蛇咒！」

「貝兒！」

這次不用J下令，貝兒馬上打出空氣元素，幫J擋下了李永然的反撲。

但這反撲只是幌子，李永然聲東擊西，竄到美惠子身邊，拉著她的手，想要趁亂將她帶離這裡。

「夠了……」

美惠子主動放開李永然的手，低著頭說：「我們輸了。」

J轉頭瞪著李永然，淡淡的說：「老朋友，美惠子說得沒錯。你難道看不出來，你現在還可以反擊，是因為我沒有對你下殺手嗎？」

「我說過，我就是……」

「老公！」

美惠子打斷了李永然的話，自己走到J的身邊，伸出雙手要J把她帶走。她還不忘記回頭對李永然說：「謝謝你……去救我們的女兒，她還在城堡裡，不要讓她受到……」

就在這個時候，天空突然暗了下來。

一個巨大的魔法陣，不知何時竟然悄悄的將整個天空都遮蔽。這個術式很明顯，一個大大的十字架，表示是來自什麼信仰和系統。

當然，熟知全世界魔法的J一看就知道這是什麼！他立刻對著眾人大喊趴下，然後自己則抱著美惠子掉頭跑開。

從十字架的四個角發出了亮光，亮光集中到十字架的正中間，接著，一道閃亮的白色光束直直的對著藤原城堡轟落下來！

就好像以前一部災難電影《ID4 星際終結者》裡外星人幽浮的毀滅白光一樣，那道光束打在千年不倒的藤原城堡上，竟然一瞬間就貫穿了整座城堡，產生了恐怖的大毀滅，將整座城堡夷為平地……

《現代魔法師05》全文完

敬請期待更精采的《現代魔法師06魔法師之霧都大亂鬥》

不思議特報
《現代魔法師》套書好禮相送!!

吐槽系作者 **佐維**＋知名插畫家 **Riv**

正港A臺灣民間魔法師故事

《現代魔法師》驚爆登場！

活動辦法

凡在安利美特animate購買
《現代魔法師》全套八集，
在2014年6月10日前（以郵戳為憑）
寄回【全套八集】的書後回函，
以及附上安利美特購書發票影本、
或是於回函上加蓋安利美特店章，
就能獲得知名插畫家Riv繪製的
「現代魔法師超萌毛巾」一條，
準備與泳裝萌妹子一起清涼一夏吧！

備註：
1.可以等收集完八集的回函與發票或店章後，
再於2014年6月10日前寄回。
2.主辦單位有權更改活動規則。

不思議驚笑2014年・帝柳最新力作——
暮光下的黑寡婦——
勾魂筆記本
一個想找回自己失落一年記憶的拖稿作家，
一個擁有刑警魂、撒鹽不手軟的助理編輯，
一個出版業界都推之為大神的超級編輯……
三大男人聯手，是否能破解勾魂冊的預知死亡之謎？
不過，解謎之前，你們得先逃脫大黑蜘蛛的追殺喲！啾咪～
典藏閣
飛小說
華文聯合出版平台
www.book4u.com.tw
采舍國際
www.silkbook.com
不思議工作室_
立即搜尋
版權所有© Copyright 2

芙蓉仙傳
星作者竹某人+
超可愛畫風繪者MO子
手出擊！！
01. 芙蓉仙傳之
打工女仙我最大！
02. 芙蓉仙傳之
保鑣女仙我最威！
03. 芙蓉仙傳之
神探女仙我最讚！
天地精華所生的仙子，備受眾神寵愛，
……有沒有哪個仙人的興趣是炸丹爐的啊？！
，為了償還自己日積月累破壞公物的「債務」，
下凡去幫助凡人渡劫……
——這是歷練，更是還債大挑戰！
購書請洽：全省 金石堂門市、誠品等一般書店，或至新絲路網路書店、博客來網路書店、金石堂網路書店訂購。
多詳細內容請搜尋★
不思議工作室_
立即搜尋
典藏閣
采舍國際
www.silkbook.com
版權所有© Copyright 2012

※此圖為禍亂創世紀II封面
Rebellion of Start-online I
禍亂
創世紀
第一部
KIRA★
起點女生網　最逆天的網遊小說
「重生」，就是最大的外掛！
天然無口系大神　抖S屬性小惡魔
當前世冤家再度相聚，是愛情禁止，還是戀愛洗牌？
迴旋的人生，禍亂的可不僅僅只有遊戲吶！(ゝ∀･)⌒☆
第一部1-6集全國各大書店網路書店好評販售中
典藏閣
華文聯合出版平台
www.book4u.com.tw
采舍國際
www.silkbook.com
不思議工作室_
立即搜尋
版權所有© Copyright

飛小說系列088

現代魔法師05

魔法師之全球通緝令

飛小說。We Love Easyfly.

出版者■典藏閣
作　者■佐維　繪　者■Riv
總編輯■歐綾纖
製作團隊■不思議工作室
郵撥帳號■50017206 采舍國際有限公司（郵撥購買，請另付一成郵資）
台灣出版中心■新北市中和區中山路2段366巷10號10樓
電　話■(02)2248-7896　傳　真■(02)2248-7758
物流中心■新北市中和區中山路2段366巷10號3樓
電　話■(02)8245-8786　傳　真■(02)8245-8718
ISBN■978-986-271-452-2
出版日期■2014年2月
全球華文國際市場總代理／采舍國際
地　址■新北市中和區中山路2段366巷10號3樓
電　話■(02)8245-8786　傳　真■(02)8245-8718
新絲路網路書店
地　址■新北市中和區中山路2段366巷10號10樓
網　址■www.silkbook.com
電　話■(02)8245-9896
傳　真■(02)8245-8819

典藏閣不思議工作室2013安利美特animate限定版

只要符合以下條件，就有機會獲得【現代魔法師超萌毛巾】1條——

準備與泳裝萌妹子一起清涼一夏吧！

1. 即日起至2014年6月10日止，在**安利美特**購買***《現代魔法師》全套八集***。
2. 在書後回函信封處蓋上安利美特店章，或是影印安利美特購書發票。
3. 將全套8集的書後回函（加蓋店章）寄回；若採影印發票者，請一併寄回發票影本。

PS. 可以等購買完「全8集」後，再於2014年6月10日前，全部一次寄出。

☞您在什麼地方購買本書？☜

☐便利商店__________ ☐安利美特 ☐其他網路書店__________

☐書店__________市／縣__________書店

姓名：__________ 地址：____

聯絡電話：__________ 電子郵箱：____________________________________

您的性別：☐男 ☐女 您的生日：__________年__________月__________日

（請務必填妥基本資料，以利贈品寄送）

您的職業：☐上班族 ☐學生 ☐服務業 ☐軍警公教 ☐資訊業 ☐娛樂相關產業
☐自由業 ☐其他____________

您的學歷：☐高中（含高中以下） ☐專科、大學 ☐研究所以上

☞購買前☜

您從何處得知本書：☐逛書店 ☐網路廣告（網站：______________） ☐親友介紹
（可複選） ☐出版書訊 ☐銷售人員推薦 ☐其他

本書吸引您的原因：☐書名很好 ☐封面精美 ☐書腰文字 ☐封底文字 ☐欣賞作家
（可複選） ☐喜歡畫家 ☐價格合理 ☐題材有趣 ☐廣告印象深刻
☐其他____________________

☞購買後☜

您滿意的部份：☐書名 ☐封面 ☐故事內容 ☐版面編排 ☐價格 ☐贈品
（可複選） ☐其他

不滿意的部份：☐書名 ☐封面 ☐故事內容 ☐版面編排 ☐價格 ☐贈品
（可複選） ☐其他

您對本書以及典藏閣的建議____

____

____

✌未來您是否願意收到相關書訊？☐是 ☐否

✍感謝您寶貴的意見✍

印刷品

$3.5
請貼
3.5元
郵票
不思議信箱
FUKIGI POST

235 新北市中和區中山路二段366巷10號10樓

華文網出版集團　收

（典藏閣－不思議工作室）

魔法師之全球通緝令

現代魔法師 05